HOMBRES DE A PIE

CARLOS FILIBERTO CUÉLLAR

HOMBRES DE A PIE
DOS CHAMANES DEL OCCIDENTE MEXICANO

deauno.com

Cuéllar, Carlos Filiberto
Hombres de pie. - 1a ed. - Buenos Aires : Deauno.com, 2009.

120 p. ; 21x15 cm.

ISBN 978-987-1581-15-3

1. Narrativa Mexicana. 2. Novela. I. Título
CDD M863

© 2009, Carlos Filiberto Cuéllar
© 2009, deauno.com (de Elaleph.com S.R.L.)

Primera edición

ISBN: 978-987-1581-15-3

Hecho el depósito que marca la Ley 11.723
Impreso en el mes de junio de 2009 en
Docuprint S.A., Rivadavia 701,
Buenos Aires, Argentina.

A Víctor Fuentes y Rubén Sánchez Zacapu:
maestros del Occidente Mexicano.

A mis amigos de la Universidad de Guadalajara: compañeros, maestros, alumnos y pacientes psicológicos. Por permitirme compaginar la literatura con la psicología y hacer una rara mezcla con ambas.

Para Blonde Red Head: por su perfume, el Misterio, los Estados de Gracia, la Belleza y el Aprendizaje.

ÍNDICE GENERAL

0. Una puerta al mundo espiritual en el occidente de México

Uno se embarca hacia tierras lejanas, indaga la naturaleza, ansía el conocimiento de los hombres, inventa seres de ficción, busca a Dios. Después comprende que el fantasma que se perseguía era Uno-Mismo.

(Ernesto Sábato *–Hombres y Engranajes: Heterodoxia.* **Alianza Editorial. Barcelona. España. Pag.** 2)

Tuve el privilegio de que Víctor Fuentes fuera mi psicoterapeuta hace como cinco años, fue un trabajo arduo centrado en las emociones y en el conocimiento de mi interior que por aquellos días era una cloaca maloliente de situaciones personales irresueltas y conflictos personales infectos.

Al asistir a su consultorio, una mezcla de conocimientos sobre Constelaciones Familiares, Hipnosis, Programación Neurolingüística y Sabiduría del México Tradicional me apoyaron y abrieron novedosas puertas a mundos por demás llamativos. Finalizaba el año 2005, de mi parte vivía la resaca de un duelo amoroso y un cambio sustancial en mi rumbo profesional, teórico y personal. Nunca más volvería a ser el psicólogo académico y acartonado de los años previos, el escritor se alzaba cada vez más dentro de mí, apoderándose del control interno tal como lo tuvo en mi adolescencia.

Más adelante Víctor me invitó a Michoacán, a una experiencia mística, chamánica, con alguien que a su vez había sido su maestro y amigo: Rubén Sánchez Zacapu.

Me emocioné al saber que conocería a un verdadero chamán, a la vez sentía miedo, atracción, interés, angustia. ¿Qué haría yo, un pobre individuo neurótico, psicólogo inseguro, aprendiz de escritor, frente a alguien que sufrió duras pruebas de iniciación antes de ser reconocido como Hombre de Conocimiento? Sin embargo, alguien quien poseía un camino mucho más largo y espiritual que el mío, me aguardaba en Michoacán: el maestro de mi maestro.

Llegamos juntos Víctor y yo en autobús a la ciudad de Uruapan, a dos horas de la capital del Estado de Michoacán. Era pleno Julio, las lluvias se presentaban en México con toda su energía y sus tormentas. Una carretera plena de árboles de aguacate, flores amarillas, rosas y lilas impregnando ambos lados de la carretera: Uruapan nos recibió colorida y aromática.

Michoacán en su totalidad, que ya de por sí es un estado muy hermoso, reverdecía esplendorosamente.

Una vez en Uruapan nos trasladamos en un autobús suburbano a una comunidad anexa a la ciudad, casi ya un barrio. Se llamaba Caltzontzín. Era una comunidad indígena, misma que se fundó por los años cincuentas, cuando el volcán Paricutín hizo erupción y forzó a los pueblos purépechas que vivían en sus faldas, a desplazarse para evitar morir bajo la lava y cenizas.

Se les asigno a los pueblos indígenas una serie de terrenos anexos a la ciudad de Uruapan, y acabaron fusionándose con la vida mestiza ya muy desarrollada en ella.

Me sorprendió el diálogo y las conversaciones tan vivas con los purépechas, la mayoría eran profesionistas, maestros principalmente. Sabían entremezclar perfectamente sus costumbres y usos ancestrales con la vida mestiza y las necesidades de la vida moderna. Manteniendo hasta cierto punto en un estado saludable, el uso de su lengua indígena, sin descuidar las demandas de la vida urbana, asistiendo a la universidad, trabajando, utilizando con destreza las computadoras e incluso matrimoniándose con gente mestiza.

Una mano fortísima estrecho la mía, frágil, pequeña y delicada de escritor, acostumbrada a deletrear sobre el papel con tinta china, ojear libros y teclear frente a la pantalla. Una cara ancha, barbuda y los ojos "revolcados" color miel me saludaron amistosamente. Al mismo tiempo era una mirada que parecía ver mucho más allá de lo que estamos habituados los individuos comunes y corrientes. Me miraba cálidamente, pero desde un lugar muy distante. Rubén fue muy amable, transparente, sin interesarse demasiado en mí. Lo cual me pareció muy bien, pues no dejaba de sentir angustia ante la experiencia de enfrentarme a un verdadero Hombre de Conocimiento.

Nos encontrábamos en un bello terreno boscoso, poblado por gigantescos pinos de más de diez metros de altura y grosísimo tronco. Era el Sitio Sagrado donde se llevaría a cabo la ceremonia.

En un claro del bosque, en un lugar despejado y elegido previamente por Rubén, ayudé a colectar una serie de piedras volcánicas traídas de las faldas del propio Paricutín. Piedras que fueron escupidas hace décadas por sus entrañas volcánicas.

Guiados por Víctor y Rubén, yo y el resto de los asistentes quienes sumábamos una veintena, formamos una tienda de campaña con lonas, maderos y plásticos. En el centro de aquel cubil se colocarían las piedras ardiendo. Se inició una inmensa hoguera donde se calentaron las rocas al rojo vivo. Semidesnudos, los asistentes entraríamos a gatas en el inframundo. Los indígenas lo llamaban desde hace milenios: Temazcal. El Baño Sagrado, la Vuelta a la Madre Tierra. El Vientre del Universo.

Antes de ingresar, con suma discreción Rubén repartió a algunos de los asistentes el contenido de una jarra, donde previamente se vertió un té extraído de la Planta Sagrada : El Abuelito: El Peyote.

Bebí de mi taza sin pensarlo, semidesnudo, con tan solo un short encima, mi vientre de fuera, redondo y blanquecino por la falta de exposición al sol.

Luego Rubén me mando llamar, me pidió abrir la boca. Colocó bajo mi lengua un fragmento amargo y fibroso, un diente del Abuelo.

"Mastícalo despacio y luego te lo pasas…" Me dijo.

Aún no lo ingería del todo cuando me incliné sobre el lodo, colocando mi frente sobre la húmeda entrada del Baño Sagrado.

"Permiso para entrar Madre Tierra…." Pronuncié solemne.

Era la frase clave, el sortilegio que Víctor Fuentes me indicó recitar antes de introducirme en el Útero Terráqueo.

Los primeros minutos creí que me infartaría. Mi corazón latía a su máxima capacidad. Sentía mis venas y arterias engrosándose y dilatándose. El miedo llegó a un umbral de máxima capacidad. Creí que mi organismo y mi cerebro no lo resistirían. Son muchos a quienes el Abuelito ha despreciado, traicionándolos, abandonándolos a su suerte en el viaje, en la esquizofrenia, o por lo menos causándoles un serio malestar estomacal y vómitos.

Cuando se ingiere al Abuelito, debe serse humilde y respetuoso con él. Ser guiado de preferencia por maestros versados en sus caminos alucinógenos y espirituales.

"Si he de morir, será aprendiendo cosas nuevas", me dije. Luego sobrevino una fase de relajación.

Otro de los guías derramó una jarra helada sobre las rocas ardientes. El baño se cerró aislándonos en su interior. Un vapor denso y quemante nos hizo sudar litros de agua y grasa.

Afuera sólo quedaban Rubén y uno de sus asistentes, un purépecha, el Guardián de la Puerta.

Nos acompañaba el sonido suave y rítmico de tambores, cánticos purépechas y plegarias cristianas a Jesús y a la Virgen María , curioso sincretismo indígena-cristiano.

Al llegar la fase de relajación, cuando el miedo y las palpitaciones cesaron, escuché una multitud de personas y seres hablando afuera del Temazcal, diálogos de personas y perros ladrando. Se suponía que nos encontrábamos en un bosque aislado, densamente poblado de pinos, pero sin ningún ser humano a la redonda, más que nosotros. Yo sentí que el bosque hablaba, que multitudes de sujetos conversaban y desfilaban alrededor del aquel baño. El bosque era una congregación de espíritus animados y parlanchines que nos acompañaban.

Más que nunca recordé el comentario de Aldous Huxley en su obra Las Puertas de la Percepción, de que los alucinógenos le hicieron saber cuán solos nos encontramos frente al universo. No sabría definir ahora si en realidad estoy irremediablemente solo o acompañado para siempre.

Afuera, nadie más que Rubén Sánchez y uno de sus ayudantes permanecían custodiando silenciosos la entrada de la Panza de la Madre Tierra.

Pude salir airoso del viaje. Cuerdo y sano (creo).

Esa noche nos dimos un banquete de tasajo para recuperarnos: el cual consiste en gruesas tiras de carne secada al sol y salada, además de la conocida morisqueta: un plato típico de Uruapan, que consiste en arroz cocido al vapor, con salsa de tomate, crema, caldo de frijoles y queso.

Al finalizar la experiencia proyecté escribir un libro, donde se me permitiera narrar la vida y los aprendizajes tanto de Víctor como de Rubén. Ellos accedieron amablemente. Entonces surgió: Hombres de a Pie: Dos Maestros del Occidente Mexicano.

Regresé a Uruapan casi un año después a un nuevo temazcal, con una grabadora portátil y comencé a entrevistar a Rubén y a Víctor. Para entonces había abandonado mis presunciones academicistas. Dentro de mí se fusionaban cada vez con menor conflicto el psicólogo observador de los seres humanos y el novelista. Me proponía captar al vuelo, en su medio natural a los sujetos a quienes entrevistaría. En la sala de su propia casa, frente a unos tequilas y unos tacos de frijoles. De la manera en que los maestros se sintieran mejor y las historias de sus aprendizajes vitales fluyeran como aves en pleno despegue.

1. PONER EL CORAZÓN EN ELLO

Hazte a ti sólo una pregunta. Es una pregunta que sólo se hace un hombre muy viejo. Mi benefactor me habló de ella una vez cuando yo era joven, y mi sangre era demasiado vigorosa para que yo la entendiera. Ahora sí la entiendo. Te diré cuál es: ¿tiene corazón este camino? Todos los caminos son lo mismo: no llevan a ninguna parte. Son caminos que van por el matorral. Puedo decir que en mi propia vida he recorrido caminos largos, largos, pero no estoy en ninguna parte. Ahora tiene sentido la pregunta de mi benefactor. ¿Tiene corazón este camino? Si tiene, el camino es bueno; sino, de nada sirve. Ningún camino lleva a ninguna parte, pero uno tiene corazón y el otro no. Uno hace gozoso el viaje; mientras lo sigas, eres uno con él. El otro te hará maldecir tu vida. Uno te hace fuerte, el otro te debilita.

(DON JUAN MATUS citado por Carlos Castaneda -*Las Enseñanzas de Don Juan*. Editorial Fondo de Cultura Económica. México. 1974. Pag. 150.)

1.1 ¿Qué significa desear algo con todo el corazón?

Si alguna vez te propusiste algo que deseabas demasiado, pero luego fracasaste en su búsqueda, ¿No llegaste a darte cuenta después de renunciar a tu búsqueda, al reflexionar, cuando menos por un mínimo instante, que acaso no deseabas suficientemente aquello que querías, por mucho que creías anhelarlo?

O cuando lograste realizar un objetivo hasta sus últimas consecuencias, después de un duro esfuerzo, y un largo período de trabajo y paciencia, consiguiendo aquello por lo que tanto luchaste. ¿No pensaste en un momento previo, en algún nivel profundo de ti mismo, que efectivamente habías tomado la decisión certera y precisa de salirte con la tuya?

Te darás cuenta que hay decisiones y propósitos que tomamos en diferentes niveles de la conciencia. Muchos de nuestros propósitos y deseos los enunciamos en voz alta, de dientes para afuera, y se quedan sólo en el nivel de las buenas intensiones, de las palabras que pronto se desvanecen. En nuestras sociedades, una gran cantidad de individuos funciona nada más en éste nivel: en el de las promesas incumplidas, los discursos bien intencionados, las esperanzas abortadas, los objetivos extraviados y los buenos deseos. Pero sólo llegan hasta ahí.

Existen otro tipo de decisiones, propósitos y objetivos que asumimos y formulamos en un nivel mucho más profundo, no intelectual ni racional. Sino emocional y espiritual. Por desgracia hemos observado que la mayoría de la gente decide en este nivel su propia desgracia, en lugar de plantearse desde las profundidades de su mente y su espíritu, sus éxitos y bienestar.

En mi experiencia como escritor y psicólogo, sostuve entrevistas con personas que sufrieron duras enfermedades crónicas, o individuos que padecieron largos y agobiantes periodos de depresión, de hasta más de diez años de duración. La sensación que a mí me quedaba luego de hablar con ellos, es que al parecer, en alguna etapa de su vida y en algún momento de su existencia, una parte de ellos había decidido enfermarse.

Aunque resultara increíble, la gente en un nivel no conciente, decidía fracasar en sus propósitos porque no se consideraba merecedora de ellos. Se castigaban a sí mismos con dolorosos síntomas mentales y físicos por algo de lo que se sentían culpables; o por algo de lo que otros les habían hecho responsables.

Nos dice Sigmund Freud al respecto, que la premisa fundamental antes de poder curarse de cualquier enfermedad y sufrimiento, es convencerse de que en el inconsciente, se tiene la necesidad de enfermarse. Que uno sin darse cuenta, alimenta, provoca y necesita de su enfermedad.

Cada quien debe descubrir este mecanismo con el que por sí mismo, de manera no conciente, engorda sin cesar sus propios sufrimientos, temores y desgracias. Toda enfermedad y todo padecimiento conllevan en el fondo un conflicto moral. El problema es el nivel de profundidad en que debe darse este reconocimiento, de que uno mismo es el causante de sus propios malestares y el creador de sus obstáculos.

¿Cómo llegar a un nivel profundísimo de sinceridad con nosotros mismos, para desenmascararnos y darnos cuenta que necesitamos nuestras enfermedades y depresiones, que nosotros mismos hemos puesto las trampas y los obstáculos en nuestro camino, que somos nuestros principales enemigos? ¡El enemigo no está afuera!

Hubo también personas a quienes conocí, cuya vida estuvo en peligro en muchas ocasiones. Personas quienes, tras sobrevivir y superar una etapa vital extremadamente difícil, cobraban conciencia de que en algún momento de su vida, en la parte más dura de su existencia, habían decidido salir airosos y a salvo a pesar de todas las problemáticas enfrentadas. Algunos hablaron de un espíritu guardián, un ángel protector, la ayuda de Dios o la de los ángeles. En los momentos difíciles son muy pocas las personas que no voltean hacia el cielo infinito en busca de ayuda.

¿Pero qué pasaría si nos diéramos cuenta que en un nivel de nosotros mismos, en alguna parte en el fondo de nuestro cerebro y de nuestro espíritu, están albergados esos guardianes y esos guías que nosotros buscamos en el exterior?

¿Qué ocurriría si los seres humanos dejáramos de atribuir a fuerzas externas a nosotros, esos poderes que nos han ayudado a todos en tantas ocasiones, de manera tan sorprendente que los calificamos como milagros?

¿Cómo sería nuestra vida si descubriésemos que esos poderes están a nuestro alcance, que los espíritus protectores y las visiones sabias, en realidad son recursos internos muy humanos, accesibles a todo individuo, parte inseparable de nuestra humanidad?

¿Y si nos diésemos cuenta que esos poderes atribuidos a dioses y espíritus son herramientas que posee la psique humana y a las cuales puede acceder el hombre con el debido entrenamiento, pues están en él mismo y en el mundo que le rodea?

La primera ley de psicología, establece que en cualquier batalla entre la voluntad y la imaginación, la imaginación siempre gana. De modo que debe imaginar siempre que puede hacer algo, y si lo imagina con bastante fuerza, podrá hacerlo. Podrá hacer cualquier cosa. Si la imaginación le dice que algo es imposible, entonces para usted eso será imposible, a pesar de todos los esfuerzos de la voluntad.

Es una lástima que a esto tengamos que llamarlo "imaginación", porque, especialmente en Occidente, eso significa algo fantástico, algo increíble, y, con todo, la imaginación es la fuerza más poderosa del mundo. La imaginación puede lograr que una persona se crea enamorada, y así el amor se convierte en la segunda fuerza poderosa. Lo llamaremos imaginación controlada. Como quiera que lo llamemos, debemos recordar siempre que en una batalla entre la voluntad y la imaginación, esta última SIEMPRE GANA. En el oriente no nos preocupamos por la fuerza de voluntad, porque es una celada, una trampa que encadena al hombre a la tierra.

(**LOBSANG RAMPA** -*El Médico de Tíbet.* **Editorial Troquel. Bogotá, Colombia. 1960. Pag. 100.**)

La cuestión es encontrar el tipo de conocimiento adecuado y necesario para acceder a nosotros mismos y saber manejar y administrar nuestra vida.

*¿Pero en dónde se adquiere este **Otro** tipo de conocimiento, en dónde se debe buscar esta sabiduría de la vida, para reconocer lo que realmente se quiere y desarrollar las habilidades y poderes que en verdad nos ayuden a tomar las mejores decisiones y a sanarnos a nosotros mismos?*

Las familias ya no preparan a sus hijos para enfrentar y superar las diferentes crisis vitales. Supuestamente ahora los responsables de la educación son instituciones inmorales llamadas: "iniciativa privada", "comité de inversionistas", "escuela", "universidad", "iglesia", "gobierno", "empresa". Pareciera que lejos de desarrollarse en ellas, bajo su abrigo, los jóvenes adquieren vicios morales, empequeñecen su imaginación y se vuelven seres tristes, corruptos, sínicos y superfluos.

Ya nadie escucha a los ancianos. Los abuelos son recluidos en albergues para que terminen su proceso de putrefacción sin molestar a nadie. Éste libro nos propondrá todo lo contrario: buscar a los abuelos y rescatar su sabiduría.

¿Qué necesita hacer quien decide realmente vivir su vida y tomar por sí mismo el control de su mente, de su salud, de sus pensamientos y de su comunidad?

***Hombres de a Pie: Dos Chamanes del Occidente Mexicano** es un libro donde discurren varios personajes y diversas voces. La voz de Víctor Fuentes, maestro de artes marciales por más de treinta años y psicoterapeuta en Guadalajara. También Rubén Sánchez Zacapu, guía espiritual y médico tradicional de Uruapan Michoacán.*

Ambos, maestros formados en un conocimiento no académico, por completo fuera de las instituciones educativas y las academias. Maestros quienes desarrollaron una sabiduría válida, genuina y digna de compartirse, fuera de las universidades y las escuelas ordinarias.

Y yo, Carlos Filiberto Cuéllar, como un testigo, una pantalla para proyectar las voces de los maestros, un pastor o un labrador de las palabras.

El camino del corazón, según le decía Don Juan Matus a Carlos Castaneda, pues hay millones de caminos entre los cuales puede elegir el ser humano, es aquel cuyo recorrido será gozoso. Así de simple.

Hombres de a Pie, nos brindará algunas pistas para identificar los caminos con corazón. Pero tan sólo algunas pistas, como las migajas de pan en el cuento de Hansel y Gretel, para tratar de no extraviar el camino. Aunque estas migajas puedan también perderse ocasionalmente.

El camino con corazón es aquel que nos proporcionará dicha, que nos curara, y nos liberará tarde que temprano. Contrariamente, elegir un camino sin corazón nos fatigará, nos producirá malestar, pesadez, sofocamiento, confusión. Hay caminos equivocados que a la larga pueden destruirnos y dañar a quienes nos rodean.

Cada quien debe buscar trabajosamente cuál es, o cuáles son sus caminos con corazón.

Pero en encontrar el rastro de los caminos correctos consiste la dificultad inicial que debe ser sorteada.

2. El miedo es el primer enemigo a vencer

Cuando un hombre empieza a aprender, nunca sabe lo que va a encontrar. Su propósito es deficiente; su intención es vaga. Espera recompensas que nunca llegarán, pues no sabe nada de los trabajos que cuesta aprender.

Pero uno aprende así, poquito a poquito al comienzo, luego más y más. Y sus pensamientos se dan a topetazos y se hunden en la nada. Lo que se aprende no es nunca lo que uno creía. Y así se comienza a tener miedo. El conocimiento no es nunca lo que uno se espera. Cada paso del aprendizaje es un atolladero, y el miedo que el hombre experimenta empieza a crecer sin misericordia, sin ceder. Su propósito se convierte en un campo de batalla.

(DON JUAN MATUS citado por Carlos Castaneda. –*Las enseñanzas de Don Juan*. Fondo de Cultura Económica. México. 1974. Pag. 124)

2.1 El inicio de Otro Aprendizaje

Entre los 19 y los 29 años creí muchas veces que me volvería loco. Una noche al inicio de mi carrera de psicología me asaltó una crisis nerviosa. Mi mente se separaba en numerosos fragmentos, y yo sentía pánico al no poder identificarme con ninguno de ellos.

A partir de la primera crisis emocional, sufrí constantes episodios donde se alternaba la ansiedad y el nerviosismo, el pánico y una tristeza avasallante. Era una tristeza que se apoderaba de todo, dentro y fuera de mí. Una tristeza que no sabía de dónde venía y la cual tampoco parecía tener fin.

Algunas veces pensé incluso en el suicidio.

Mis años de la universidad estuvieron caracterizados por crisis emocionales: sobrellevaba como podía la angustia, agobiado a ratos por miedos inexplicables y sobresaltos del corazón, severos insomnios en compañía de fantasmas; mejorando de vez en cuando, empeorando la mayoría de las veces. Con las manos sudorosas todo el tiempo, los pensamientos revueltos la mayor parte del día y la noche. Creyendo que terminaría tarde o temprano recluido en la sala de una institución psiquiátrica.

Mientras estudiaba la carrera de psicología, un médico psiquiatra quien fue mi profesor y a quien ahora recuerdo con mucho cariño, decía que la depresión era lo peor que podía ocurrirle a alguien, sobre todo por los insoportables síntomas que deben experimentarse cuando se atraviesa por un proceso de este tipo. Un dolor espiritual que no puede ser calmado con nada, acompañado de falta de apetito o exceso del mismo, taquicardias, sudoraciones. Severas crisis morales y una angustia que no disminuía ni con el paso de días, meses, años. Mi maestro no se equivocaba y lo tendría que aprender yo en carne propia.

Había fracasado en todas mis relaciones con las mujeres. Desde niño ellas me encantaban pero a la vez me daban mucho miedo. Miedo a acercármeles y aún más temor a recibir el rechazo de ellas. Aunado a mi desequilibrio interior e inseguridades.

Quería aprender. Quería tener más conocimientos. Quería viajar, experimentar muchas cosas, leer muchos libros, enamorarme. Pero tenía miedo. El miedo es el sentimiento que ha acompañado y caracterizado todos estos años de mi formación y mi vida como escritor y psicólogo.

De modo que entre el año 2002 y el 2005 me sometí a un proceso de psicoanálisis con un gran y experimentado analista, cuyo trabajo conmigo fue incuestionable (Todavía no sé si exitoso). En el año 2002 estaba convencido de que el psicoanálisis me proporcionaría el alivio urgente ante los acuciantes síntomas de aquella depresión que me perseguía desde la adolescencia.

Desde niño uno de mis muchos vicios es leer. De modo que la obra de Freud y sus discípulos ya me era familiar.

Pero también le tenía mucho miedo al psicoanálisis. Las lecturas psicológicas me confundían, me fascinaban pero al mismo tiempo ésa sensación de confusión producida al descubrir nuevas cosas y plantearme preguntas cruciales sobre la vida y el conocimiento, me horrorizaban.

El enfrentarme a mí mismo a través de relatar mi vida a un psicoanalista no produjo menos angustia. Cada sesión salía de su consultorio con los nervios retorcidos, jadeando y sin encontrar dónde meterme. Descubriendo oscuras áreas en mi interior.

2.2 Mirar el Miedo directamente a la cara

Entonces, un día mi psicoanalista me dijo algo que comenzó a cambiar la perspectiva acerca de mis turbulentos estados emocionales: "¡Si experimentas miedo y angustia quiere decir que lo estás haciendo bien, que sí estás aprendiendo…!" Algo así como: "Si duele… es que está sirviendo!…"

*Esto empezó a ayudarme un poco. Fue el comienzo de **Otro Aprendizaje**. El preámbulo para la escritura de **Hombres de a Pie**.*

Hasta la fecha en que escribo este libro, el miedo sigue siendo una de las condiciones obligadas para vivir con intensidad y aprender cada día nuevas cosas. Aprendí que el requisito del Verdadero Aprendizaje era el miedo. Pero no del aprendizaje mecánico de los salones de clases y las memorizaciones de manuales, de las clases magisteriales y los vacuos discursos pedagógicos de investigadores, políticos y expertos.

Sin sentir miedo y dolor no había garantía de que la experiencia valía la pena. Era la prueba de que yo estaba viviendo con toda intensidad, de que estaba vivo, de que mi vida valía la pena y que en verdad estaba aprendiendo algo relevante. El miedo al final era útil, era la evidencia, paradójicamente, de que sí estaba aprendiendo algo bueno y útil. Pero era necesario enfrentarlo y vivirlo, sin evasiones. Era necesario, primero que nada identificar el miedo en plenitud y luego mirarlo directamente.

Lamento desilusionar a mis lectores, pero no existe una vacuna que nos inmunice contra el miedo, ni sedantes psicológicos que lo neutralicen. Lo único que puede hacerse es identificarlo y mirarlo de frente. Pero el logro de esto ya en sí mismo es un gran avance.

2.3 La diferencia entre *Saber y Comprender.*

Aún después de casi tres años en terapia psicoanalítica me daba cuenta que necesitaba ir más allá. Seguía sintiéndome inmensamente triste y con miedo.

El psicoanálisis funcionaba en mí en un nivel de la razón, de las palabras y de los diálogos, más bien monólogos que sostenía con mi analista, pues su principal función era escucharme. Gracias a él sabía muchas cosas nuevas sobre mi mismo, las sabía al derecho y al revés. Sabía que estaba excesivamente identificado con mi madre y que durante muchos años tuve conflictos y enojo hacia mi padre: un Edipo típico sin remedio. Pero ésta comprensión en sí misma, aunque me era útil, tampoco solucionaba muchos de mis malestares, ni aliviaba los enormes sufrimientos causados por la depresión. Tampoco me ayudaba mucho para mejorar mi relación con mis padres ni con las mujeres.

*Por primera vez comencé a pensar que una cosa era **Saber** algo y otra muy distinta era **Comprenderlo**. Y yo apenas estaba comprendiendo muchas cosas, de hecho, aún sigo en el proceso comprensión. Aunque había leído mucho y permanecido por muchos años en los salones de clase tradicionales.*

Gracias a la escuela llegamos a saber mucho, pero realmente es poco lo que llegamos a conocer y aún menos a comprender. Sobre todo si realmente creemos que en verdad sabemos algo.

Saber muchas cosas es sencillo, o por lo menos mucho más sencillo que comprender. Es como acumular propiedades, autos, relaciones sociales.

Para saber, se comienza con el ejercicio de la memoria mecánica: leer en voz alta repitiendo muchas veces la misma cosa, haber leído muchos libros y recitar de memoria pasajes completos de ellos. Practicar la acumulación.

Pero no se sientan muy confiados tampoco aquellos que consideran realmente haber entendido lo que leen, y quienes consideran que han comprendido en verdad a lo largo de sus vidas. Muchos intelectuales y académicos memorísticos suponen que en verdad comprenden muchas cosas porque han leído bastantes libros, son capaces de establecer relaciones lógicas entre los conceptos y comprender los contextos históricos y de significado de las teorías. Pero esto no es suficiente, tan sólo es una imagen teórica de la realidad. La imagen teórica jamás puede suplir a la experiencia. Pareciera que una gran cantidad de personas prefieren las teorías y las explicaciones a la riqueza de la experiencia.

En verdad, llegar a la comprensión es lo difícil: en ella la experiencia y la teoría acumuladas han llegado a una armoniosa síntesis.

La comprensión no crece sino en función del desarrollo del ser. Con el pensamiento ordinario, la gente no distingue entre saber y comprensión. Piensan que cuanto más saben tanto más deben comprender. Es por esto que acumulan el saber o lo que ellos así llaman, pero no saben cómo se acumula la comprensión y no les importa saberlo.

Por lo tanto una persona ejercitada en la observación de sí, sabe con certidumbre que en diferentes períodos de su vida ha comprendido una sola y misma idea, un solo y mismo pensamiento, de maneras totalmente diferentes. A menudo le parece extraño que haya podido comprender tan mal lo que ahora comprende tan bien, según cree. Sin embargo se da cuenta que su saber sigue siendo el mismo: que hoy no sabe nada más que ayer. ¿Qué es entonces lo que ha cambiado? Lo que ha cambiado es su ser. Tan

luego cambia el ser, la comprensión tiene también que cambiar.
(GURDJIEFF Citado por P. D. Ouspensky. *–Fragmentos de Una Enseñanza Desconocida*. Ed. Hachete. Argentina. 1968. Pag. 102 y 203)

A lo largo de varios años de trabajo como escritor y psicólogo, me asombraba ver a los jóvenes estudiantes que ingresaban con enormes ilusiones y ánimos a la universidad para estudiar una carrera, pero que tras un par de años dentro de una institución, perdían toda su vitalidad y sus sueños. Incluso en varias instituciones universitarias y educativas de prestigio en las que laboré, sus estudiantes parecían perder su inocencia y entusiasmo, dañaban sin remedio su capacidad imaginativa y enfermaban del espíritu.

Parecía que las escuelas y las universidades descomponían y enfermaban a las personas en lugar de estimular su desarrollo, potenciar su energía personal y ayudarlos a realizarse individual y profesionalmente.

Por otro lado, me di cuenta tras años de depresión, frustraciones y sufrimiento, que por mi parte ya estaba listo para iniciar un nuevo camino de aprendizaje.

Es importante evaluar hasta cuándo estamos en verdad preparados para iniciar un nuevo aprendizaje. Normalmente, esto ocurre después de meses incluso años de atasco en los mismos caminos. Tras entender que las maneras en que abordamos los problemas hasta ahora, son precisamente las causantes de nuestros errores e infelicidades. Al descubrir que la imagen que tenemos del mundo y de nosotros, es inapropiada para seguir avanzando.

Si no se está listo para adquirir el **Otro** *tipo de aprendizaje, éste no llegará jamás, así se viaje a los confines del fin del planeta en su búsqueda.*

2.4 El Arte de volverse pequeño

Se puede dar la vuelta al mundo literalmente en busca de conocimiento, haber hablado con miles de maestros, estado en terapia con el mismísimo Sigmund Freud o sido discípulo del propio Budha, y no haber modificado en lo absoluto nuestros esquemas mentales.

*No obstante, una vez que realmente estamos preparados para ello, el **Otro** aprendizaje nos buscará por sí solo.*

*La cuestión versa ahora en cómo saber si ya se está listo y dispuesto para el **Otro** aprendizaje o no.*

*Si pudiésemos enumerar los requisitos para saber cuándo alguien está suficientemente preparado para ingresar en el **Otro** aprendizaje, ¿Cuáles serían algunos de esos requisitos?*

Pueden ser: paciencia, humildad, disposición, y buenas dosis de valor y sinceridad con uno mismo. Practicar el arte de hacernos pequeños. Cosas nada sencillas de conseguir en estos tiempos.

Estar desilusionado no es haber renunciado a la idea de que algo existe en alguna parte, sino haber comprendido que todo lo que el hombre conoce actualmente, o es capaz de aprender por los caminos habituales, no es en absoluto lo que le hace falta.

GURDJIEFF Citado por P. D. Ouspensky. –*Fragmentos de Una Enseñanza Desconocida*. Ed. Hachete. Argentina. 1968. Pag. 35)

2.5 Mi encuentro con Víctor Fuentes y Rubén Sánchez Zacapu

Ocurrió entonces que el conocimiento universitario me resultaba por demás insuficiente. Pero a esta certeza no llegué sino hasta diez años después de haber ingresado a la licenciatura, tras finalizar mi maestría.

Al principio creí ilusamente que los conocimientos adquiridos en mi carrera de psicología me ayudarían con mis dificultades emocionales, que a partir de la obtención de mi título de postgrado comenzaría una nueva vida y se resolverían todas mis preocupaciones y problemas personales. ¡Qué iluso…!

Nuevas desilusiones sobrevinieron a estas falsas expectativas. Me debatía como un pez atrapado en su propio anzuelo, cuando quizá el mismo anzuelo es su propia cola. Una serpiente mordiéndose a sí misma e inyectándose su veneno. Yo quería algo diferente, intuía por momentos que existía otro tipo de conocimientos que podrían ayudarme a resolver mis problemas personales y a desenvolverme en mi vida profesional con mayor libertad.

Entonces apareció Víctor Fuentes.

Yo trabajaba como asesor en el área de metodología de un grupo de estudio en Desarrollo Humano. Tenía cierta experiencia como investigador. Se suponía que debía tratar de ayudar a los miembros del grupo a estructurar y poner orden en sus proyectos de intervención. Era un joven con muchas lecturas encima, veintiocho años y con una enorme inmadurez, tratando de echar la mano a un grupo de psicólogos y terapeutas experimentados en la vida y en sus profesiones. Nos caímos muy bien desde el inicio, eso sí.

Víctor y su esposa Lucy eran parte de aquel equipo.

Me llamó la atención ver a un hombre de cabello cano y cola de caballo prolongada, barba de candado igualmente canosa, anteojos y bajito de estatura. Con una mirada severa y a la vez amable. Moreno y simpático. Parecía un jefe indio.

Pronto resultó que no sólo iba a ser yo su guía en aquel proyecto, sino que Víctor se convertiría en mi terapeuta.

Acababa de separarme de una pareja, una mujer colombiana con quien tuve interesantes y a la vez dolorosas experiencias emocionales. Era el año 2005, había gozado de una temporal tregua de mi depresión adolescente mientras vivía nuevos amoríos y laboraba en una prestigiosa universidad privada en la ciudad de Guadalajara, en

México. Pero con las crisis amorosas, el dolor emocional y los nervios reaparecieron. En el mismo año suspendí mi relación de pareja con la colombiana y cesó mi trabajo en esa universidad. En el mismo mes quede desempleado, nuevamente deprimido y solo.

2.6 Minimizar el Combate Interior

Víctor Fuentes acepto amablemente recibirme en su consultorio. Una mezcla conocimientos chamánicos del México ancestral, programación neurolingüística, terapia gestalt, hipnosis eriksoniana y constelaciones familiares se pusieron en práctica para ayudarme. También una rica experiencia de vida, cuidadosamente reposada y madurada con años de obstáculos superados y duro trabajo interior, estuvo a mi disposición para auxiliarme. El delicado olor a incienso de sándalo, que al iniciar cada sesión colocaba Víctor Fuentes frente a un altar indígena erigido a sus espíritus protectores.

La primera tarea que me asignó Víctor fue aprender a identificar mis sentimientos. Tarea que parece sencilla por obvia, pero una vez llevada a la práctica es incansable, dificultosa y extenuante.

Cuando estuviera poseído por estados emocionales tormentosos: depresión, ansiedad, molestia, tristeza, etc., no debía luchar contra ellos ni forcejear tratando de sentirme bien cuando la depresión fuese inevitable. Debía aquietarme física y mentalmente.

La mayoría del tiempo, los individuos comunes queremos evitar las molestias y los dolores, sobre todo emocionales. La tarea consiste en aprender a identificar el sentimiento y no luchar contra él, solamente sentirlo, vivirlo. Saber de antemano que muchos estados emocionales son ineludibles. Nuestra labor consiste en ser amables con ellos, no identificarnos con ellos ni combatirlos.

Es una tarea larga, de sumo desgaste, llena de extravíos. Pero es el primer paso para cesar o por lo menos disminuir el combate interno.

Quien avanza en la identificación de sus propios sentimientos y cesa de combatirlos, paulatinamente los vuelve sus aliados. Los sentimien-

tos y las emociones, que son aún más primitivas y profundas, son el
mejor radar para explorar el entorno y desenvolverse adecuadamente
en él. Quien conoce las propias sabe lo que quiere con exactitud y
puede aprovecharlas.

Quien conoce sus propias emociones y sentimientos evita confun-
dirse, sabe descifrar acertijos y enigmas, desenmascarar fantasmas,
evitar el encuentro con monstruos y salir de laberintos.

Ejercicios

1. Antes que nada surge la necesidad de identificar las propias emociones. Detenerse ante cada experiencia y asignarle un
nombre al sentimiento, o a los sentimientos que acompañen
a las mismas. Puede parecer una tarea vacua, pero una gran
cantidad de individuos, la mayor parte del tiempo ignoran
qué tipo de emociones y sentimientos les están ocurriendo
en determinado momento. Se puede vivir en el completo
analfabetismo emocional. Lo que da como resultado una vida
ajena, no propia, viviéndose a sí mismo como de prestado.

2. Para complementar este ejercicio se le puede asignar a cada
emoción experimentada un aroma con el que pueda asociarse:
fresa, frambuesa, por ejemplo, para sentimientos y emociones
frescas y gratas. Olor a excremento y podredumbre, por ejemplo, para otras emociones menos gratas. Gradualmente se puede ir bajando la intensidad de ciertas emociones destructivas
o perturbadoras, al atreverse a explorarlas e irles reduciendo
la gradación de la intensidad. Es decir, si un sentimiento de-
presivo al inicio era nombrado como "podredumbre", luego
puede ser nombrado, cuando sea más familiar y menos per-
turbador, como "humedad". De modo que paulatinamente se
le pierda el temor a determinados sentimientos que en otro
tiempo desequilibraban.

3. Practicar el Arte de hacerse pequeño: Recostado, sobre la cama o   sobre un tapete, deberá relajarse, con los ojos cerrados. Posteriormente imaginar y sentir a la vez, que el cuerpo se vuelve cada vez más pequeño. Puede practicarse esto respirando, con cada exhalación deberá imaginarse que el cuerpo se vuelve más y más pequeño. Al mismo tiempo que se vuelve uno pequeño, deberá hacerse el ejercicio de abandonar momentáneamente toda suerte de apegos, afanes de posesión, deseos de poder, vínculos afectivos, dependencias. Hacerse pequeño implica ser paulatinamente menos importante. ¿Qué pasaría si descubriésemos que no somos en el mundo más que del tamaño de una semilla de tomate?

3. LA VIDA COMO UNA PREGUNTA A LA CUAL SE DEBE DAR RESPUESTA

...Intenté convertirme en chamán con la ayuda de otros, pero fracasé. Visité a muchos chamanes famosos y les hice grandes regalos... Busqué la soledad y acabé por sentir una gran melancolía. De repente me daba por llorar y me sentía muy triste sin saber porqué. Entonces, sin razón aparente, todo cambió de pronto y sentí una alegría enorme, indescriptible; un gozo tal que no podía contenerme y tenía que cantar, un canto poderoso hecho de una sola palabra: ¡Alegría! ¡Alegría! Tenía que gritarlo a todo pulmón. Y entonces, en aquella exaltación misteriosa que me envolvía, me convertí en chamán, sin saber cómo había sucedido. Pero era chamán. Podía ver y oír de un modo diferente. Había alcanzado mi iluminación, la luz chamánica mental y física, de tal manera que no sólo podía ver en la oscuridad, sino que aquella misma luz emanaba de mi cuerpo, invisible para los humanos, pero que podían percibir todos los espíritus del cielo, la tierra y el mar, que vinieron a mí y se convirtieron en mis ayudantes.

(CHAMAN ESQUIMAL citado por Knud Rasmussen. *Intelectual Culture of the Igluik Eskimos. Report of the Fifth Thule Expedition.* Copenhague. 1929. p. 12.)

A continuación comenzaremos a escuchar al primero de los maestros: Rubén Sánchez Zacapu, hablándonos de sus aprendizajes iniciales. Las letras que no están escritas en cursiva corresponden precisamente a las voces de los dos maestros:

3.1 La iniciación de Rubén Sánchez Zacapu

La psique del ser humano es un campo muy pequeño. El psiquiatra ve un poco más allá que los otros médicos. Pero no sabe cómo canalizar las fuerzas de la naturaleza, no sabe cómo llegar a las profundidades de la psique del ser humano. Nuestros antepasados ya sabían manejar desde hace miles de años una forma de psicología y psiquiatría.

Hace pocos días estuvimos en un congreso mundial de chamanismo y fueron psicólogos y psiquiatras de alto nivel. Y hacían algunas pequeñas comparaciones entre nuestra tradición ancestral y la psiquiatría moderna.

Pero yo busco algo diferente, ando en la búsqueda de la Trascendencia, yo la llamo: la Trascendencia Espiritual. Es diferente de lo que pueden comprender la psicología y la psiquiatría modernas.

Desde los cuatro años me iniciaron en este proyecto, que es un proyecto también de nuestros antepasados, para cuidar la cultura y la tradición de nuestros ancestros. Desde niño me conectaron para relacionarme con los mundos: los mundos imaginarios, los mundos reales, los mundos sociales.

Hay muchas formas de llamarle a este acercamiento que me dieron. Esotéricamente algunos le llaman *Iniciación*. A mí me proyectaron de manera tradicional como Hijo del Fuego, hijo de la Madre Tierra. Nosotros creemos que la Madre Tierra tiene un espíritu, igual como un ser humano, que vive y se mueve dentro de esos cuatro elementos: el agua, el fuego, el aire y la tierra misma.

De esos cuatro elementos surge un quinto elemento: la Sustancia Etérea. Esos elementos se conjugan dentro del número

Cinco. Entonces me acercaron a estos cinco elementos. Me los presentaron, en un proceso de relación entre los cinco elementos y la propia naturaleza. Me presentaron al Dios de la Naturaleza. Nosotros no tenemos un Dios cristiano o budista, tal como lo imaginan la mayoría de las culturas. En el Occidente de México, en Michoacán, tenemos al Dios de la naturaleza.

En las montañas de Tantzítaro, las más altas de Michoacán se encuentra la comunidad de mis abuelos. En las montañas de Tanzítaro está una comunidad muy antigua que es la comunidad de Tzirío.

Tzirío significa donde está el Maíz Sagrado. Los cazadores antiguos eran los guardianes de Tzirío, los cazadores de las montañas más altas. Era un lugar donde había muchos leones y venados.

Tzirío es el lugar donde nació Tariácuri[1].

Nosotros venimos de una trascendencia original, no como ocurre dentro de una comunidad moderna y mezclada. Actualmente la gente piensa que una comunidad es donde hay mucha gente que se visten, piensan y hablan un idioma. Estas son comunidades modernas, actualizadas dentro de un organismo social moderno que van evolucionando hasta crear las zonas urbanas. Pero alrededor de estas zonas urbanas todavía existen algunas comunidades antiguas. Aunque en estas comunidades ya no existen los Guardianes Antiguos de los Pueblos Sagrados[2].

Es muy diferente nuestra forma de trascender. Nosotros tenemos una conexión realmente directa con la herencia siberiana. La gente que venía peregrinando desde Siberia, cruzando por el Estrecho de Bering[3] llegó a las montañas de Tantzítaro: a Tzirío

---

y a toda la Meseta Purépecha. Tenemos códices antiguos que nos indican que somos descendientes legítimos de los siberianos.

¡Ahora que nos estamos proyectando hacia el exterior, buscando dar a conocer nuestras tradiciones, tenemos que buscar un Origen, un Origen que no sólo es purépecha o tarasco![4] Porque en Michoacán hubo muchas migraciones antes, con las que se formaron la tradición purépecha y tarasca. Entonces dentro de este proceso en el que estamos metidos, estamos tratando de sacar y dar a conocer las ideas originales de nuestros antepasados, que atraviesan diez mil o quince mil años de historia. Son las ideas que formaron nuestros ancestros siberianos.

Dentro de una comunidad o de un rancho en la montaña no es fácil encontrar aspirantes para convertirse en Guardianes. Entonces mucha gente tiene sueños, tiene visiones que marcan a las futuras generaciones. Mis abuelos eran gente de Tradición. Para entonces mis padres ya no eran gente de Tradición, ellos ya no creían en esto.

Mis abuelos soñaron que yo estaba marcado para convertirme en Guardián. Ellos fueron los que soñaron, eran músicos y danzantes antiguos. Soñaron que veníamos de una Energía Sagrada, que éramos parte de esa Energía. Una energía que debemos cuidar, entender, ubicar. Esa Energía está viva, se relaciona con los seres vivos.

Hasta mucho más tarde me di cuenta que por el resto de mi vida yo iba a ayudar e iba a servir a ésa Energía, y que después esa energía sería proyectada hacia la humanidad.

A los cuatro años de edad me llevaron a una cueva en una montaña, dentro de ella tuve que rechazar muchas ideas sociales, cristianas y religiosas para poderme integrar a la Naturaleza. La cueva estaba rodeada por un bosque. Afuera de la cueva había muchos seres: venados, pumas, coyotes. Entonces todos esos animales debían darme una familia para que yo perteneciera a ellos. A mí me dieron la Familia de los Árboles, la familia de la Naturaleza.

---

4 Tarasco es la manera en que los españoles nombraron a los purépechas. Término al que no todos los purépechas aceptan para que se les designe.

3.2 Ser adoptado por una familia del Reino Animal o Vegetal

Para los purépechas el Árbol Sagrado es el encino. Cuando me iniciaron, mis abuelos le llevaron ofrendas al Árbol Sagrado: pan, chocolate, vino. Cantaron y bailaron a su sombra para alabar a su espíritu.

El Árbol se convirtió para siempre en mi representante ante el espíritu. El Árbol Viejo. Los árboles y los humanos somos encarnaciones del Espíritu de la Naturaleza, somos seres energéticos, venimos de una Energía Solar. La Energía Solar es vital para los seres humanos y para los cuatro reinos de la naturaleza.

Todo ser humano que quiere ser iniciado en el Espíritu de la Naturaleza debe ser adoptado por alguna familia de animales, de árboles o de otros seres naturales. Encontrar a una representación de la naturaleza que lo acoja, lo adopte y lo vuelva parte de una familia. Debe llevarle ofrendas y encomendarse a su Espíritu Guardián. Una vez que alguien fue iniciado, nunca más debe olvidar que ahora es parte de una familia.

Luego me pusieron en dirección del sol y me presentaron con él. La mayoría de la gente es adoptada por una familia de animales: coyotes, leones, águilas. Pero muy pocos son reconocidos como Hijos de los Árboles, como Guardianes del Bosque. Yo me convertí en Hijo del Bosque.

Cuando se me manifestó el Árbol como guardián yo no sentí nada, no se siente nada. Hasta mucho después me di cuenta de lo que significaba, con lo que me iban diciendo mis abuelos, pero no fue de inmediato. Más tarde pude escuchar a los guardianes.

La relación entre el mundo de los humanos y el animal es básica en el chamanismo, y el chaman utiliza sus conocimientos y sus métodos para participar del poder de ese mundo. Por medio de su espíritu guardián o animal de poder, el chamán conecta con el poder del mundo animal, los mamíferos, aves, peces y otros seres.

El chamán ha de tener un guardián particular para realizar
su trabajo, y este guardián le ayuda de una manera especial.
(MICHAEL HARNER -La senda del chamán. México. 1993. p. 92.)

De niño yo no tenía ni idea de qué proyecto me deparaba. Yo
quería jugar, correr, era muy rebelde al inicio. Cuanto más me
decían mis abuelos que me dedicara a la tradición, más lo veía
yo como un castigo que me quitaba mi libertad. Me rebelaba
mucho, yo quería conocer lo nuevo. En Tzirío no había televi-
sión, solamente radio y yo me la pasaba escuchando las series de
Kalimán. Era una serie radiofónica que pasaban a determinabas
horas y yo la esperaba, no me la quería perder, a mí me gustaba
mucho porque Kalimán viajaba y vivía muchas aventuras. La
pasaban a las cinco de la tarde todos los días.

Con el tiempo empecé a tener visiones, desarrollos internos.
Se los contaba a mis padres, pero ellos decían que estaba loquito.
Después de oír la radio empezaba a soñar y a tener conexiones
con ideas lejanas, con seres, con ancianos de otras comunidades a
quines no conocía. A los ocho años soñé que estaba en un Consejo
de Ancianos Indios del Norte. Mis padres se preguntaban qué me
estaba pasando, ellos no sabían leer, no sabían lo que me ocurría.
Yo ya me estaba relacionando internamente con la Tradición.

Cuando mis abuelos murieron yo tuve que encontrar otros
abuelos, otra gente de sabiduría para relacionarme con ellos y
seguir la tradición. Inicié ahora sí la búsqueda. Tenía once años.

3.3 El Círculo de los Doce Ancianos

Buscando a los abuelos en Michoacán escuché hablar del Círculo de los Doce Ancianos. Eran doce antiguos guardianes del
conocimiento: estaban en toda la Meseta Purépecha, los Once
Pueblos, la Región del Lago y Tierra Caliente. Comencé a bus-

carlos y con tristeza descubrí que ya sólo quedaban uno o dos guardianes muy viejos. Los guardianes cuidaban las direcciones del Norte, del Sur, del Este y del Oeste; del Cielo, de la Tierra, de lo Visible, de lo Invisible. Ellos poseían conocimientos del misterio de la vida.

Los pocos Guardianes que quedaban ya estaban a punto de morir y no pude aprenderles mucho. Entonces tuve que buscar a otros abuelos. Pronto murieron los pocos guardianes que quedaban y yo me quedé solo de nuevo, y me preguntaba: ¡Qué hago con mi locura...! ¡Tengo que buscar a otros abuelos! No sabía qué hacer.

¿Cómo puede uno darse tanta importancia sabiendo que la muerte nos está acechando?

Cuando estés impaciente, lo que debes hacer es voltear a la izquierda y pedir consejo a tu muerte. Una inmensa cantidad de mezquindad se pierde con sólo que tu muerte te haga un gesto, o alcances a echarle un vistazo, o nada más con que tengas la sensación de que tu compañera está allí vigilándote.
La muerte es la única consejera sabia que tenemos. Cada vez que sientas, como siempre lo haces, que todo está saliendo mal y que estás a punto de ser aniquilado, vuélvete hacia tu muerte y pregúntale si es cierto. Tu muerte te dirá que te equivocas; que nada importa en realidad más que su toque. Tu muerte te dirá: "Todavía no te he tocado."

(DON JUAN MATUS citado por Carlos Castaneda. -*Viaje a Ixtlán*. Ed. Fondo de Cultura Económica. México. 1975. Pag. 62-63)

A los doce años salí de mi comunidad por primera vez para buscar a los Abuelos. Sabía que se me había encomendado encontrar a los Doce Guardianes. No sólo busqué aquí en Michoacán, viajé mucho, busqué en diferentes religiones, en grupos esotéricos. Busqué mucho. A los catorce años ya había conocido todos los centros y los grupos espiritualistas de México.

Fue hasta que entré en contacto de nuevo con los grupos indígenas de diferentes partes de México: de Chiapas, de Oaxaca, también Huicholes, gente indígena de aquí de Michoacán, que caí en la cuenta de que ya andaba cerca. Caminé mucho tiempo por todo el continente buscando la conexión con los abuelos: desde Alaska hasta la Patagonia.

Cuando regresé a Michoacán para instalarme y proyectarme, encontré por fin a un abuelo llamado Tata Mitziri.

Mitziri significa: El que prende el Fuego. Él era el Guardián de la tradición del Fuego. Me conecté con él, comenzamos a relacionarnos. Yo le dije: "He viajado, he andado en todo el mundo, he buscado mucho…." Y él me respondió: "Está bien todo lo que has hecho, pero el fuego está aquí en Michoacán, vas a tener que trabajar ahora para Michoacán…"

Trabajé durante un tiempo con Tata Mitziri, él era el Guardián de la comunidad purépecha de Calzontzin[5].

Más tarde encontré a uno de los Doce Guardianes: Tata Lucero. Era el último que quedaba de los Doce. Lucero me llevo al Viejo Cutacatol: el lugar de la Luna Sagrada. Era el lugar de las rutas antiguas para buscar el Poder del Fuego Lunar. El Fuego Lunar era una tradición social, política y religiosa de los pueblos purépechas. Conocí a Tata Lucero por medio de otras personas, de conexiones. Me di cuenta que cuando el Espíritu le abre la puerta a alguien, también le pone cerca a las personas precisas para realizar su encomienda.

---

5 Calzontzin era un rey purépecha. En su honor se le llamó así a una comunidad purépecha que fue trasladada desde las faldas del volcán Paricutín donde vivían, hacia los linderos de la ciudad de Uruapan Michoacán, donde actualmente vive Rubén con su mujer. En 1952 el volcán Paricutín hizo erupción, sepultando el poblado de San Juan Parangaricutiro, obligando a las comunidades purépechas quienes vivían en sus faldas, a reubicarse en otro lugar para vivir.

Un desprenderse del propio Yo, de las propias apetencias y, con ellas, de los propios temores, un abandonar el deseo de aferrarse al Yo como si fuera una entidad indestructible, separada; un hacerse vacío a sí mismo no implica pasividad sino apertura. De hecho, si alguien no puede vaciarse a sí mismo, ¿Cómo puede responder al mundo? ¿Cómo se puede ver, oír, sentir, amar, si uno está lleno de su propio Yo, si uno es gobernado por sus apetencias?

ERICH FROMM – *Y Seréis como Dioses.*
Ed. Paidós. México. 1987. Pag. 58)

Resumen

1. Surge la necesidad de plantearse la propia vida como una cuestión que debe ser respondida. Al parecer, algunos hombres que han logrado un cierto grado de madurez y de comprensión profunda de la vida, han asumido la suya propia como una pregunta sin respuesta, misma que deben buscar afanosamente. Esta búsqueda de la respuesta a la pregunta esencial de: ¿qué es mi vida, cuál es el significado de ella, cuál es su misión?, es la que motiva el inicio de un nuevo y diferente tipo de aprendizaje. Si alguien no se ha tomado su vida como una cuestión a la que debe responderse, no se movilizará jamás. Nunca cambiará y mucho menos emprenderá el Otro aprendizaje. El caso de Rubén Sánchez es un claro ejemplo de búsqueda vital incansable.

2. El significado de la Iniciación es de trascendental importancia. Desde la noche de los tiempos, en las culturas tradicionales existía la norma de inducir a los jóvenes en determinados ritos de iniciación, a través de los cuáles estos miembros de la comunidad se convertían en adultos. Ser iniciado significa haber encontrado a los maestros adecuados que nos guiarán en el camino de un nuevo aprendizaje. El significado de la iniciación conlleva implícita la idea de convertirse en otra persona, de cambiar, mutar, dejar el antiguo cuerpo, abandonar los añejos y oxidados esquemas mentales, para llegar a ser otro. La iniciación va de la mano de la transformación y la mutación hacia otro nuevo ser. Pero en saber encontrar a los maestros adecuados consiste la cuestión que trataré enseguida. Quiere decir que para ingresar al otro conocimiento, es sumamente difícil hacerlo por uno mismo, aisladamente y solo. La ayuda de otros es indispensable.

4. Encontrar al maestro adecuado

4.1 Los ciegos guían a otros ciegos a los abismos

Pero para ser iniciado en el otro aprendizaje se requiere saber encontrar a los maestros adecuados, o al guía preciso.

Es muy factible y común que mucha gente se autonombra a sí misma "maestro" y pretende guiar a otros por caminos desconocidos hasta para él mismo. Luego, a muchos también les parece a primera vista un negocio redituable, tratar de congregar grupos de novicios para pretender transmitirles alguna enseñanza. Pero puede ocurrir como dice Umberto Eco en su libro el Nombre de la Rosa, que los ciegos guíen a otros ciegos a los abismos.

Amén del ego y el narciso que engordan estos presuntos iniciados y maestros al estar frente a grupos de incautos, adjudicándose el papel de encarnaciones de la sabiduría, manteniendo llenos sus bolsillos a costa de aquellos despistados.

Individuos extraviados y confundidos, sedientos de popularidad y deseosos de ejercer poder sobre las voluntades de otros, suelen erigirse por sí mismos maestros y mecías.

Existe actualmente una sobre-oferta de maestros, gurús, guías psicológicos y espirituales que se alquilan hasta para fiestas. Saturando el mercado del esoterismo, el new age y la psicología, creando desconfianza entre el gran público, que ante tantos timadores, ya no cree en nadie

Un verdadero maestro por lo general no se anuncia jamás. En ocasiones llega por sí mismo, como ocurrió con Víctor Fuentes y posteriormente con Rubén Sánchez. Además de que el buen maestro no acepta a cualquier discípulo.

En ocasiones la gente más simple y austera puede convertirse en un verdadero maestro sin que nos demos cuenta.

Gurdjieff contaba que a lo largo de su vida recibió múltiples entrenamientos y enseñanzas de gente muy sencilla pero fascinante: comerciantes, gente dedicada a reparar alfombras, yoghis, faquires, jardineros, ladrones del Cáucaso quienes podían permanecer muchas horas acechando en los riscos con un rifle, artesanos, campesinos, criadores de animales y plantas.

Vale la pena conocer las vivencias de Víctor Fuentes acerca de la búsqueda del maestro adecuado, las cuales nos narrará enseguida.

4.1 Mi vida comenzó desde antes de nacer

Mi vida comenzó mucho antes de nacer yo. Comenzó con mis abuelos, con mi abuela por parte de mi mamá que era cubana y tuvo que salir huyendo con sus padres, porque trabajaban para el consulado de España en ése país cuando la independencia de Cuba. Al parecer se les hizo más fácil venir a México en lugar de regresarse para España. Mi abuela se llamaba Alejandrina Gómez Núñez, sus papás eran de una familia española con título nobiliario.

Por parte de mi papá, mi abuela era una india mazateca de la sierra de Huautla, en Oaxaca. Ella se fue a vivir con su familia a Veracruz, a una zona que se llama Río Blanco. Debe haber parientes míos ahí todavía.

Recuerdo a mi papá y a su hermana, la tía Cristina: eran gente de campo: muy humildes, muy sencillos, muy amorosos y cariñosos en su forma de hablar. En contraposición con la familia de mi abuela Alejandrina, que hablaban de forma muy recia y muy dura. Eran gente más inflexible, más cuadrada.

Yo pienso que ahí comenzó mi vida, con todas esas circunstancias.

Mi papá y mi mamá se conocieron en el famoso Salón México, en el Distrito Federal, aunque no conozco con exactitud las circunstancias. Era la discoteca más famosa de aquel tiempo en la Ciudad de México.

Mi mamá ya era grande edad cuando nací yo, ella nació en 1906, yo nací en 1949. Tengo dos medias hermanas por parte de mi mamá que son quince años mayores que yo, hijas de su anterior matrimonio. Digamos que soy hijo único del matrimonio entre mi mamá y mi papá.

Nací en la Ciudad de México, en la capital, pero casi de inmediato nos vinimos a vivir a la Ciudad de Guadalajara por un padecimiento cardiaco que tenía mi mamá. Llegamos como en 1951.

Crecí en Guadalajara. Mis padres se separaron cuando yo tenía nueve años de edad. Deje de ver a mí papá gradualmente, cada vez más esporádico.

4.3 Vivir como una aventura

A partir de los once años de edad me dediqué a estudiar guitarra clásica. Fue muy agradable dedicar muchos años de mi vida a la música, primero como guitarrista clásico, después dando clases. Cultivando esa parte "europea" mía. Luego fui invitado a ser parte de un grupo de música "experimental", donde tocábamos cítaras, tambores, tablas que trajeron de la India. Hicimos un grupo de rock progresivo. Toqué muchos años en ese grupo que se llamaba *Praxis*.

Al mismo tiempo me interesé por la psicología y por los estudios esotéricos. Empecé a practicar yoga a la edad de doce años, con un libro que tenía mi hermana, ella lo estaba aplicando para su embarazo y luego me lo regalo cuando terminó su parto. Era un libro escrito por la señora Indra Devi, que me proporcionó una visión totalmente diferente. Empecé a hacer yoga siguiendo la lectura del libro, al mismo tiempo también a practicar artes marciales. Todo con libros, porque no había en esos tiempos muchas escuelas de artes marciales en México y yo no tenía dinero para estudiar.

Pasaron los años y en 1974 entré en la Gran Fraternidad Universal. Un día iba caminando en la calle y encontré un cartel que anunciaba una conferencia impartida en la Gran Fraternidad por el Dr. Domingo Díaz Porta, un gurú venezolano. Entonces fui a la charla y realmente me impacto su personalidad, era un hombre bajito, muy derecho, vestido todo de blanco, con mucha seguridad y firmeza en sus creencias. Yo creo que me convencí más por la personalidad de este individuo que por otra cosa. Me puse a practicar yoga con ellos y entré de lleno en el mundo esotérico.

4.4 La Inquietud de un Mensaje

Desde niño tenía una fantasía desbordada: mis papás me estimularon mucho con lecturas y películas, las cuales me gustaban muchísimo. Realmente se me hizo un hábito, por no decir vicio de leer y ver películas.

Con mi mamá asistíamos demasiado al cine. Ella fue extra de varias películas mexicanas de la Época de Oro del cine nacional. Así es que sabía mucho de cine. Nos hacía vivir aventuras no cotidianas.

Mi vida de niño fue como una aventura, iba al cine, al campo, al bosque. Desde entonces he tenido la necesidad de vivir la vida como una aventura. Empecé a pensar entonces de manera diferente, digamos un poco excéntrica.

Tuve un amigo que miraba la vida de una forma muy lúdica. Se puede decir que fue mi primer maestro, disfrutaba mucho todo, no le importaba si estaba gordo o flaco, gozaba todo: el hambre, el cansancio, la sed, los juegos. Hacía grandes caminatas y exploraciones, comiendo plantas que encontraba en el campo, aventurándose mucho.

Ahí empezó a cambiar mi conciencia, como un estado interno muy profundo, muy constante. Me convertí en un joven que vivía con mucha intensidad todos los momentos. Buscando una trascendencia, no necesariamente espiritual o religiosa. Tenía una concepción espiritual muy alejada de lo que entienden actualmente las iglesias y las religiones.

Era la conciencia de que había algo más allá de la existencia limitada que llevaba en mi infancia y mi adolescencia.

Gracias a la música también se me abrieron muchos horizontes internos y externos: con el grupo de rock viajábamos, aprendíamos bastante, realizando interesantes proyectos. Conseguimos razonable fama y dinero, teníamos amigos y amigas. Era el inicio de la década de los setentas.

La música también me dejo la Inquietud de Un Mensaje, se abrieron horizontes hacia sonidos nuevos, mentalidades nuevas. Escuchábamos los discos de los *Doors, Pink Floyd.* Recibimos el mensaje de: "¡Hay que abrir los ojos, hay muchas más cosas en el mundo!..." "¡Se debe soñar y anhelar, hay mucho jugo que sacarle a la vida...!"

Era la certeza de que había "algo" más. Estábamos totalmente metidos en la psicodelia.

4.5 La parte inexplorada de la mente

Tuve la oportunidad de aprender inglés desde niño, por lo que leí en ese idioma libros que de otro modo tardarían diez o veinte años en llegar su traducción en español a México. Conocí la obra de Fritz Perls, de Marshall Mac Luhan. Me llegó la Programación Neurolingüística, la cual me abrió toda una panorámica sobre lo que es la Mente Conciente y la Mente Inconciente, algo por lo que yo me había cuestionado desde que comencé a acercarme a las lecturas de psicología y de esoterismo en mi adolescencia. Accedí a todo un movimiento muy fuerte que hubo en los Estados Unidos sobre los estudios del lenguaje y la comunicación, la Gestalt, los nuevos paradigmas en la psicoterapia.

Descubrí que lo que se estudiaba en la psicología académica era tan solo una pequeña parte de lo que en realidad yo quería estudiar, intuía que la comprensión de la mente iba mucho más allá de lo que los libros de psicología académica podían brindar.

Lo que yo quería estudiar de la mente humana era su parte funcional, no su parte disfuncional, es decir que no me interesaban sus patologías, sus enfermedades tal como las ve la psicología académica.

La mente de las persona tiene dos partes, mal llamadas por los psicólogos académicos como "Conciente" e "Inconciente". No estoy de acuerdo en que se piense que el Inconsciente es la parte de la mente que no hace las cosas bien, la parte mala, que puede llegar a ser asesina.

Las interpretaciones académicas que se hacen del Inconsciente no me convencían. Para mí el Inconsciente era algo que yo quería explorar. Yo no consideraba que el Inconsciente fuera malo, para mí era algo que no conocía, que debía conocer. Era una palabra mal traducida y mal interpretada por los medios académicos.

Actualmente, cuando yo hablo del Inconsciente, estoy hablando del Espíritu. No en un sentido religioso, ni esotérico, sino en un sentido sistémico, el Espíritu como una propiedad que emerge de un conjunto de circunstancias, factores, relaciones y elementos.

En aquellos momentos yo aspiraba a algo más que ni la psicología académica ni el esoterismo me podía proporcionar. Decidí retirarme incluso de los grupos esotéricos y buscar otros caminos. Había profundizado en libros de psicología académica, en grupos esotéricos, practicado meditación, astrología, análisis de símbolos. Aprendí a controlar y a darle direccionalidad a mi mente, a sacarla del caos. Pero debía dirigirme hacia otro lado.

4.6 Respetar las virtudes y los defectos del maestro

En los círculos esotéricos se las llama "Enseñanzas" a las que en el medio académico se conoce como clases. Hay ejercicios y meditaciones, por ejemplo por la noche, antes de cenar, y luego hay un momento donde los discípulos pueden acercarse al maestro para preguntar o solucionar dudas. Es un espacio breve de diálogo. Pero en general, predomina bastante el estilo hindú de enseñanza, es decir, donde el maestro lo sabe absolutamente todo.

El alumno debe someterse por completo a las enseñanzas del maestro, hacer exactamente lo que el maestro le indica y no debe desviarse de sus prescripciones. Un mal aprendizaje es cuando el alumno se va por otro camino distinto al que le indica el maestro, lo cual implica regresiones, extravíos, por lo que luego debe volver a retomar el rumbo con la misma guía de su maestro. Se tiene la idea de que quien lo sabe todo es el maestro.

Esto produjo serias deficiencias en mí y en muchas personas, haciéndonos dependientes de la figura del maestro, dejando de atender a nuestra propia expresión. Nos convertíamos solamente en reproductores.

Por otro lado, en las artes marciales un buen maestro es aquel que puede obrar milagros con los movimientos de su cuerpo, realizar grandes hazañas con sus músculos, al mismo tiempo que también posee una personalidad muy afable y muy sencilla, pues el autodominio es requisito indispensable para practicar artes marciales. No se trata sólo de ser un hábil y fuerte peleador, sino un hombre que puede controlarse a sí mismo y respetar la vida en su totalidad. Por eso cuida su cuerpo, su alimentación y su mente. También cuida de los demás y no se enzarza en un combate, a menos que sea extremadamente necesario.

Lo que atrae a sus alumnos en el maestro de artes marciales, es tanto su fortaleza y destreza con los movimientos de su cuerpo, como una personalidad bondadosa, fuerte y dispuesta. Por ejemplo, tuve un gran maestro: el Master Rocha, quien realizaba maravillas con los movimientos de su cuerpo y poseía una personalidad muy bondadosa. Al mismo tiempo, por desgracia, también tenía muchos vicios que acabaron por destruirlo. Sus enseñanzas me dejaron mucho, yo tenía un gran respeto por él, respeto por sus virtudes y respeto por sus defectos, nunca lo critiqué. Más bien tomaba de él lo que podía enriquecer mi crecimiento y me alejaba de lo que lo empobrecía.

El respeto a la figura del maestro es lo primero que debe poseer aquel que anda buscando enseñanza, el maestro es una figura que representa la autoridad, es como un padre después de su padre. Yo tuve, más que maestros, mentores. Tuve mentores a quienes conocí físicamente, como el Master Rocha de artes marciales, pero también de guitarra, como el gran artista Enrique Flores, de quien no sólo aprendí técnicas de guitarra y apreciación musical, sino que también me transmitió su manera de vivir, su ejemplo. También tuve mentores a quienes sólo conocí a través de sus lecturas, como Fritz Perls, que ayudó a modelar mi mente.

4.7 Evitar fusionarse con el maestro

Lo más importante no es el maestro, ni lo es el alumno, sino la relación que se establece entre ambos, misma que debe permitir su mutuo crecimiento. Una relación donde predomine el respeto por uno y por otro.

En ningún momento el alumno debe fusionarse con su maestro ni el maestro debe promover la dependencia. El buen maestro o mentor debe hablar o actuar, y dejar que sus alumnos tomen sólo lo que necesiten. Los alumnos deben mantener por todos los medios su individualidad.

Por ningún motivo la relación entre el mentor y su alumno debe volverse un remedo, donde los alumnos se convierten en duplicados de sus mentores. Cosa que por cierto es muy difícil de evitar, porque también existe la necesidad de la identificación entre los alumnos y su maestro.

Sin identificación por parte de los alumnos hacia el mentor tampoco puede haber aprendizaje, de lo contrario el maestro no sería un ejemplo, o un modelo que guiase a los alumnos. Sin embargo, también se corre el riesgo de que los alumnos, en esa identificación, si se vuelve excesiva y si no se cuida, pierdan su individualidad y se conviertan en copias de su maestro.

Muchas de estas cosas no pueden enseñarse. Sólo se puede crear el ambiente o la situación adecuadas para que la gente que quiera aprender, aprenda.....

(NICHOLAS EVANS - *El hombre que susurraba al oído de los caballos*. Ed. Plaza y Janés, Barcelona. Pag. 135)

4.8 Saber despedirse del maestro

Existe un tiempo cuando el maestro y el alumno deben separarse, para que el alumno siga su camino hacia otro lado, y el maestro encuentre nuevos discípulos a quienes enseñar. Para ello el alumno debe estar muy atento a lo que pasa en él, y lo que ocurre en la relación con su maestro.

Puede llegar un momento en que las cosas que hace el maestro sean perjudiciales directamente para el alumno. Sobre todo cuando ocurren cosas que están fuera del control del maestro. En el momento en que el maestro pierde el control de las situaciones y de la relación de enseñanza con su alumno, se llega el tiempo en que ya no puede enseñarle más a su alumno, y ambos tienen que separarse.

Recuerdo que mi maestro Rocha de artes marciales me había regalado su cinturón negro, el máximo grado de avance, el mismo me lo puso en la cintura, como un símbolo de mi aprendizaje. Ese cinturón era muy importante, tenía mucho prestigio para mí, lo cuidaba demasiado.

Cuando se llegó el momento de partir, yo me lo quité y se lo devolví. Entonces él me dijo: "No me lo devuelva todavía, espérese…. Tómese dos semanas para pensarlo bien, y dentro de dos semanas me dice si realmente se quiere ir…" A las dos semanas se lo devolví, porque ya no podía continuar con él. Se lo mandé por paquetería y con ese acto dimos por terminada la relación. Nunca más lo volví a ver. No fue un final abrupto ni un término malo entre nosotros. Simplemente no nos vimos jamás. Después supe que murió y las malas condiciones en las que vivió sus últimos días. De cualquier manera, aún vive en mí el espíritu de lo que me transmitió

El maestro debe estar atento sobremanera, para también saber disolver la relación con su alumno, y despedirlo cuando esté listo y haya llegado su momento de irse. Cuando el Master Rocha me colocó el cinturón negro yo ya no era su discípulo, me convertí en una especie de representante suyo, me nombró administrador de sus escuelas de artes marciales y presidente de una asociación que fundamos juntos. Pero ya no era su alumno. En determinado momento el Master Rocha me llamó y me dijo: "En este momento usted ya no es un alumno, ahora es un maestro, lo que le falta por aprender debe ahora intuirlo por usted mismo…." "Agréguele al sistema todo lo que vaya aprendiendo por sí mismo, y luego compártalo con otros…." Para mí fue como una misión.

Un buen maestro es el que sabe despedir a su alumno en el tiempo adecuado. En aquel momento no entendí bien porque nos despedíamos, me dolió mucho, sentía que perdía un valuarte, algo valiosísimo, pero luego fue mejor.

Después me convertí en maestro, ya con el reconocimiento de los propios alumnos que me solicitaban aprender artes marciales. Fundamos muchas escuelas en Michoacán. Fue cuando conocí a Rubén Sánchez, primero él fue mi alumno de Tai Chi, luego se invirtió la relación y él se volvió mi maestro para aprender otras cosas.

Uruapan es un lugar con mucha efervescencia esotérica. A Rubén lo conocían en todos los grupos esotéricos de Uruapan, era muy conocido, aunque no pertenecía a ninguno de ellos. Rubén es todo un personaje.

4.9 ¿Cómo debiera ser el maestro adecuado?

El primer problema para encontrar al maestro adecuado es que los alumnos no saben por dónde empezar. Si supieran por dónde comenzar, buscarían con exactitud y encontrarían de inmediato al maestro adecuado. Pero si supieran con precisión lo que quieren, entonces no requerirían maestro.

Lo que vale la pena es la búsqueda.

El maestro es solamente una Verificación Externa, de que lo que nosotros buscamoscomo una necesidad propia e interna, en verdad existe y es viable.

La búsqueda comienza como una intuición, una posibilidad de que en nosotros existe algo muy grande. Y el impulso para buscar eso tan inmenso que hay dentro de nosotros. El maestro solamente viene a ayudarnos a verificarlo.

La mayor parte de la gente piensa que el maestro va a venir a instalar en nosotros eso que anhelamos y añoramos. Pero no es así. El maestro es un "Despertador" un "Llamador" que a veces actúa sobre nosotros inconscientemente, en ocasiones sin proponérselo, sin que lo pidamos. Despertando aquello que ya está en nosotros de antemano.

Ningún maestro ni nadie puedo proporcionarnos lo que hay en nosotros, cada cual debe buscarlo y desarrollarlo por sí mismo.

Resumen

1. Antes de encontrar al maestro adecuado, el alumno o la persona quien quiere aprender algo, debe preguntarse con la mayor sinceridad posible qué anda buscando y porqué lo anda buscando. Esta pregunta nunca estará resuelta desde el inicio, pues si se supiese con precisión lo que se quiere y necesita, nadie requeriría maestro. Pero tal pregunta puede suscitar y ser el inicio también, de la búsqueda de nuevos conocimientos y maestros fascinantes.

2. Una vez encontrado el maestro, debe evitarse por todos los medios la dependencia absoluta y la fusión, la simbiosis con él. De lo contrario no se producirá un verdadero aprendizaje, y los alumnos o discípulos terminarían siendo simples reproductores o copias de su mentor. Para ello los alumnos siempre deben estar muy atentos, evitando caer en la dependencia y poner atención a sus propios intereses y procesos. Sin dejar de seguir las prescripciones y tareas del maestro a quien se ha elegido.

3. Un posible indicador de cuándo un maestro ya no puede proporcionarnos más enseñanza, o cuándo es necesario finalizar la relación con él, es cuando comienzan a ocurrir situaciones que se salen del control del propio maestro. Entonces la relación puede volverse perjudicial para ambos.

4. El maestro también debe saber disolver en el momento preciso la relación, esto es, cuando ya no puede proporcionar mayores enseñanzas a su alumno. El momento en el que el alumno está listo para enseñar a otros y partir. Una relación entre maestro y alumno prolongada hasta el exceso puede tornarse enfermiza, siendo que tiempo atrás debió haber sido finalizada y separarse ambos.

5. El respeto por la figura del maestro es fundamental. Una vez que se ha elegido a un maestro debe respetarse tanto sus virtudes como sus defectos. Una enorme cantidad de individuos jamás aprenden nada, porque en cuanto encuentran un maestro se disponen a confrontarse con él, considerando que no puede enseñarles nada, señalando y enfatizando sus defectos y criticándolo constantemente. Creyendo con falsedad que incluso saben más que su maestro. No quiere decir esto que tenga que soportarse absolutamente todo lo que venga del maestro, pero si ya se le eligió como mentor, debe estarse dispuesto a respetarlo y aceptar todas sus características, positivas y negativas, de las cuales se aprenderá bastante.

5. Permitir a la Naturaleza entrar en ti

El maestro no sólo es capaz de proporcionar aprendizaje, sino que puede llegar a curar a otros, puede ayudarlos a liberarse de temores, ataduras y enfermedades. Si es que en verdad los discípulos están dispuestos a liberarse.
Puede hacerlo, aunque tampoco debe.
En ocasiones la cura de una enfermedad, o el encuentro de una tranquilidad largamente anhelada, no ocurren sino hasta que reconocemos que nadie puede proporcionarnos la salud ni la ansiada calma como algo dado, otorgado o instaurado desde el exterior.
La salud es un proceso cambiante y volátil. La emancipación personal un ciclo de muchas vueltas, logrado por cada individuo tras prolongadas y en la mayoría de los casos, azarosas búsquedas personales.
En un momento dado, un maestro con un alto grado de avance en su desarrollo, incluso es capaz de curarse a sí mismo. ¡Cosa más envidiable! Rubén Sánchez Zacapu se extiende al respecto de esa cuestión:

5. 1 Los Doce Soles

La religión dice que cuando te mueres te vas al Infierno. En nuestra tradición y en nuestra cultura no. No hay reencarnaciones ni nada, lo que hay son Trascendencias Solares, a través de los Soles Sagrados. Los Soles son equivalentes al tiempo: Tiempo Imaginado, Tiempo Lineal, Tiempo Presente, Tiempo Vertical, Tiempo Ondulado...

La ciencia ha descubierto Doce Tiempos a los que nosotros les llamamos Soles. La Luz lleva miles de millones de años evolucionando. Las ideas religiosas, políticas y sociales hacen que se estanque dicha evolución. Pero cuando la Luz sigue su propio camino, sin interrupciones, como en un bosque cósmico de estrellas y galaxias, siguiendo su largo peregrinar, entonces a los seres humanos se les ocurren las Ideas Cósmicas. Nosotros somos parte de ese Proyecto Cósmico que sigue la Luz en su paso, pero no muchas veces lo entendemos así. Cuando el hombre es capaz de distinguir el Proyecto Cósmico, entonces es capaz de fluir como la Luz y tener Ideas Cósmicas.

Las Ideas Cósmicas y las Ideas Solares son ideas acordes con el Proyecto Cósmico, le permiten al hombre una visión del Todo. Si un hombre logra tener Ideas Cósmicas es difícil que pierda su rumbo. La raíz del hombre está aquí en la Tierra, fue sembrada hace millones de años. Si el hombre es capaz de encontrar ese camino de sus raíces, entonces va a encontrar cosas inimaginables.

5.2 Sentir para no desmoronarse

Para entrar en el camino de sus raíces, debe comenzarse por "Sentir" lo que en realidad se "Quisiera". Si las personas no "Sienten", pierden la objetividad de sus sentimientos, entonces caen en estados depresivos. Se desmoronan. Con una depresión se abre una puerta para darle entrada a entidades y enfermedades que afectan el núcleo emocional, mental y físico.

Se debe comenzar buscando su origen, su raíz. El origen del hombre es la Sustancia del Sol mismo, manifestada como la conocemos en nuestra cultura como El Fuego Sagrado.

Se puede comenzar con caminatas y ejercicios tomando el sol, cortando leña. Tal como la hacían nuestros ancestros. Empezar a buscar unas Plantas que se llaman Sagradas: hongos, ayahuasca, peyote… Hay cerca de quinientas plantas sagradas que te pueden ayudar a encontrar tu raíz. Se les llama Plantas de los Dioses, Plantas de Iluminación. Son plantas que activan los sistemas glandulares del cuerpo humano y lo proyectan hacia una Energía Real. Son Plantas Magnéticas, Eléctricas, Neutras, y Duales. Pero para recibirlas se requiere buen corazón y buenas ideas. Si no se tiene buen corazón, las plantas pueden destruir a quien las come.

El ser humano busca siempre tener una buena economía social y persigue el poder político. Teniendo poder social llega a creer que es más importante que la Naturaleza y que puede destruirla junto con los seres que son parte de ella.

Esa gente que tiene su personalidad inflada porque cree que posee poder económico y social, cuando es llevada a Otra Realidad, entonces ya no es nadie. ¡Al chocar con una Realidad Espiritual, verdadera, entonces chilla, llora, se desmorona, porque ahí no tiene el poder que imaginaba! Nuestra naturaleza tiene poderes que la sociedad moderna no tiene, es el Poder del Espíritu.

5.3 El Hombre de Conocimiento

El hombre que tiene el Poder del Espíritu prácticamente ya conoce la vida y la muerte. Conoce el Miedo y sabe cómo transformarlo, cómo equilibrarlo. Cuando el Espíritu toma a alguien, el Miedo desaparece.

El Espíritu está relacionado con un Espiral, que gira y fluye, no es como lo entienden las religiones. El Espíritu es un movimiento multienergético, multicelular, atómico, en todo el Ser. Ese movimiento del Ser va creando un Sistema de Poder Glandular que se expande en el cuerpo del Hombre de Poder. Las Plantas de Poder tienen la función de activar las sustancias glandulares que expanden al Hombre de Conocimiento.

Pero para administrar la Planta de Poder es necesario un experto, un chamán que ayude a tomar la planta en el buen camino, por decirlo de algún modo. Porque al comerlas se disparan reacciones internas que no siempre se pueden canalizar ni controlar, lo cual pede ser un gran problema. Las Plantas no deben ser usadas como drogas, ni por diversión. Las Plantas tienen el poder de crear o destruir, estas son sus dos polaridades, de ninguna manera enferman. Crean o construyen, dependiendo de la polaridad de la Planta que se tome. Según el Estado Vibratorio de la persona que las consuma, se puede llegar a trascender o a decaer al consumirlas.

El ser humano también tiene sus polaridades: el Sur está en sus pies y en Norte en su cabeza. Si la Planta Sagrada mueve su corazón para cambiarlo de polaridad, entonces su cuerpo decae y esa persona está en peligro. Ésa es una parte que la gente a veces no alcanza a percibir. En muy contadas ocasiones realmente se dan cuenta del Poder del Espíritu.

5.3 Las Caminatas Sagradas

Nuestros antepasados realizaban Caminatas Sagradas: bajaban desde Alaska a pie descendiendo hasta la Patagonia, y de ahí se regresaban y volvían a subir hasta el Polo Norte. Eran como las aves o como la Mariposa Monarca que viene desde Canadá hasta Michoacán para pasar el invierno. Eran caminatas que seguían las Leyes Naturales.

Actualmente los aviones siguen las mismas rutas de navegación, pero en el aire. Nuestros ancestros tenían que caminar, no existía otra forma de viajar.

Yo comencé a caminar en las Montañas de Michoacán. Luego en el Desierto de los Hermanos Huicholes, en Durango. Iba caminando hasta el Mar para llevarle ofrendas al Océano, a la Montaña Sagrada. Luego vino la Caminata de los Quinientos Años.[6] Caminatas par visitar los Lugares de Poder: La Montaña, El Bosque, El Mar y El desierto: El Norte, El Sur, El Este y El Oeste.

---

6 Se refiere a la caminata iniciada simultáneamente en la Patagonia y en Alaska como celebración de los 500 años del descubrimiento de América, misma en la que colaboraron y participaron Rubén y Víctor.

Comencé a caminar invitado por hermanos Coras, Tepehuanos, Tarahumaras, Huicholes, buscando a los Abuelos y recorriendo los Lugares Sagrados. La primera caminata fue en el desierto. Tuve que integrarme como hijo de una familia de Huicholes, ellos me presentaron a sus abuelos y entonces me adoptaron. Me dieron la medicina: diez, veinte peyotes para empezar a entender el Misterio.

Las Caminatas Sagradas sirven para entrar a otras Dimensiones, a Otros Tiempos. Al llegar a un Lugar Sagrado, se puede pasar automáticamente a Otro Tiempo, donde realmente existen Otros Planos Físicos e Invisibles. Tiempos inimaginables a donde se proyecta el Alma a través del Tiempo.

El Alma Humana está hecha de Discos Solares. Cuando se entra en Campos Solares Diferentes, los discos del Alma comienzan a girar como una computadora que proyecta automáticamente la energía del ser humano hacia otras dimensiones, lugares que existen desde que se creó el mundo. Entonces comienza a entenderse los misterios de quien creo ésta Tierra. Entender el Misterio de la Creación.

Esta Tierra fue creada por Inteligencias Superiores.

El ser humano se da cuenta por fin que es Hijo de los Dioses.

5.5 La Experiencia en contra de la Escuela Ordinaria

Este tipo información no la proporcionan en la escuela. En la escuela les dan a los alumnos información limitada y cuadrada. En la escuela los alumnos no pueden hacer preguntas cruciales porque no encajarían. En la escuela común y corriente los alumnos de ninguna manera pueden ser mejores que los maestros.

Las universidades y las escuelas ordinarias no permiten que el Poder del Conocimiento Ancestral, que es infinito, penetre en el mundo de los alumnos.

En la Tradición de nuestros ancestros el conocimiento se vive y se practica desde el inicio, los estudiantes se ponen a hacer cosas desde el comienzo. En la escuela tradicional el conocimiento se ve y se memoriza. Sólo hasta cinco años después de ingresar en una escuela corriente es que los estudiantes empezarán a practicar, o tal vez nunca. Ese tipo de conocimiento se olvida al poco tiempo. No sirve para nada.

Una experiencia que se vive en carne propia jamás se olvida, porque se la puede contar a otros miles de veces. Es un verdadero conocimiento, aunque sea siempre el mismo cuento. Aunque sea demasiado simple y sencillo. Como las historias que contaban los antepasados y le pasaban a otras generaciones. Pero eran historias verdaderas, porque quienes las contaban las habían vivido.

En la escuela común y corriente el alumno debe aceptar tal cual todo lo que le dan sus maestros sin cuestionarlo. En el conocimiento de nuestros ancestros se trata de rechazar ideas y descubrir la verdad.

En la tradición de nuestros ancestros, más que aceptar la verdad de otros, deben rechazarse ideas que ya se tienen prefabricadas sobre las cosas. El conocimiento en nuestra tradición comienza a los cuatro años. Cuatro años porque el ser humano tiene cuatro hemisferios: Izquierdo Superior, Izquierdo Inferior, Derecho Superior y Derecho Inferior. A los cuatro años se supone que el niño ya tiene activos sus cuatro hemisferios. Es el tiempo en que se le debe sembrar la Semilla del Misterio.

Para sembrarle la semilla del Misterio los abuelos deberán llevarlo al Bosque, presentándolo al Árbol de la Vida y establecer una relación con él. Es un conocimiento que va desarrollándose lento y despacio. Si alguien siembra un maíz, éste no nace luego, sino que debe pasar mucho tiempo y tenerse paciencia. Es un conocimiento al que no debe ganarle la desesperación.

La gente a la que nunca se le sembró la Semilla sí puede aprender los conocimientos de la Tradición. Independientemente de la edad que tenga. Inclusive con muchos años a cuestas. A los cincuenta y dos años de edad vuelves a nacer, a esa edad se sufre una regeneración multicelular y se nace de nuevo. Depende de cada persona el que no pierda el contacto con el Misterio. Debe empezar a cuidarse, a no gastar tanto su energía personal, aprender a permitir a la Naturaleza entrar en su cuerpo. Vivir moderadamente. Vivir de acuerdo a las estaciones del año.

Hay estaciones del año donde no debes irte a dormir tarde, como el invierno, que es una estación en donde la gente debe recogerse. En primavera debe salirse y expandirse. En el verano no se debe dormir ni muy temprano ni muy tarde. El otoño debe aprovecharse para penetrar en los propios sueños. Seguir la propia Naturaleza.

Para penetrar en los propios sueños deben dejarse todas las ideas preconcebidas que la gente tiene fijas y plasmadas en su mente. Se puede tomar Medicina Sagrada para ayudar también.

Ejercicios

Retomar la importancia de las caminatas como un ejercicio físico indiscutible, también como un momento de contacto espiritual y de reflexión.

Retomar cierto tipo de actividades que realizaban las culturas tradicionales: cortar leña, pintar al aire libre, dibujar, esculpir, cultivar la tierra, cuidar y manejar animales, etc.

Procurar adaptarse al ritmo de las estaciones del año: por ejemplo levantarse temprano en primavera y verano, recogerse y dormir temprano en invierno. En otoño dejar mayores momentos para la introspección y el trabajo interpretando los propios sueños.

6. Amor y sexo: Principios
FUNDAMENTALES DE LA EXISTENCIA

We ought to become less rational and try to win the battle by
making it imposible for the jaguar to read us. A better but less
rational choice is zigzagging.
I know it because my connection to the spirit is very clear.

(DON JUAN MATUS citado por Carlos Castaneda
The Power of Silence. Ed. Pocket. U.S.A. 1988. Pag. 1)

Después de grabar las primeras entrevistas con los maestros, logré
recopilar una buena cantidad de cintas. La tarea de transcribir y orde-
nar el material fue ardua y requirió mucha energía. Pero lo disfrutaba
sobremanera. El volver a escuchar a Víctor y a Rubén en mi grabadora
de reportero me proporcionaba mucho placer y reafirmaba el aprendi-
zaje que había recibido siguiendo sus enseñanzas, asistiendo con ellos
a psicoterapia, introduciéndome en temascales, viajando a través de
México en busca de Sitios Sagrados y Lugares de Poder, o simplemente
escuchándolos disertar interesantemente.

Luego transcurrió todo un año, entre el 2007 e inicios del 2008 en
que dejé guardadas en un cajón las cintas con sus entrevistas. El archivo
electrónico en el que redactaba los avances del libro y las transcripciones
no volvió a abrirse durante casi doce meses, quedando almacenado en un
disco duro extraíble donde guardo copias de mis otros libros y archivos de
música en mp3. Dejé de asistir a asesoría psicológica con Víctor, mucho
menos regresé en ese tiempo a Uruapan con Rubén.

Éste libro quedo temporalmente en el olvido. Me encontraba escribiendo febrilmente una novela, la más importante para mí hasta esa fecha: **Histérica y Adorada: Cuentos de Psicoanálisis en México (Deauno.com).** *Un profundo trabajo literario y de investigación en el que mezclaba la ficción y el género de la novela, con la crónica y la historia. Era hasta ahora mi libro más trabajado, el que más me exigió hasta entonces, y uno de los mejores según mis expectativas. Este trabajo me implicó cerca de quince meses de esfuerzo, concentración y disciplina en la escritura. El suficiente como para distraerme de otros proyectos literarios y de investigación. Llevándome al cansancio y el agotamiento.*

Para el verano del 2008 **Histérica y Adorada** *vio la luz en una editorial sudamericana (El Aleph). El entregar el último manuscrito a la editora argentina luego de cientos de revisiones, representó literalmente el fin de un doloroso y prolongado parto. Pero ya estaba culminado. Un hijo de cuatrocientas páginas que me hacía enorgullecer.*

No fue sino hasta la aparición de **Histérica y Adorada** *y el comienzo de su distribución, que sentí el impulso de volver a trabajar en el texto de los Maestros del Occidente Mexicano. Fue luego del surgimiento de una intuición nocturna, hacia la media noche, tras leer el Viaje a Ixtlán, de Carlos Castaneda.* **Hombres de a Pie** *me reclamaba como un hijo abandonado su merecida atención. Debía volver a él para terminar de escribirlo.*

Para entonces me encontraba emocionalmente mucho más tranquilo. Mucha de esta tranquilidad la debía a la práctica de las enseñanzas de Víctor y Rubén. Les debía mucho a ambos. A nivel personal me sentía un poco más fuerte, con menos temores. Espiritualmente ya no me sentía tan solo y tan desorientado como en otras épocas. Pues como conté al inicio de este libro, padecí duros tiempos de depresión, dolor y extravío. La escritura ya era parte vital de mí, inseparable de mí persona, tanto como lo es su oficio para el zapatero, el carpintero, el sastre, el agricultor o el dibujante. Pero descubrir y desarrollar mi vocación como escritor no había resultado sencillo. Mi vocación literaria sufrió durante varios de los años anteriores, opacada por exigencias sociales autoimpuestas, nublada por metas de prestigio académico falsamente interiorizadas, reprimida por objetivos de dinero y estatus social que no me pertenecían. Quitarme todas estas tinieblas, despejar mi mente de telarañas ideológicas y ver con claridad mi propio oficio de escritor no fue un proceso tersa.

Económicamente no tenía tampoco muchas preocupaciones. El Espíritu de mis propios ancestros me había llevado a Colotlán, en el Norte de Jalisco, también en el Occidente de México pero lejos de Michoacán. Había obtenido una plaza como profesor en la Universidad de Guadalajara, en el Centro Universitario del Norte. En la Universidad me permitían escribir y compaginar la creación escrita con la actividad de impartir clases de psicología y asesorar alumnos. Colotlán está enclavado en la Sierra Madre Occidental. Un sitio pleno de soledad, cañones, montañas, nubes, coyotes y cuervos. Idóneo para escribir con tranquilidad y proseguir investigaciones autodidactas. Colotlán fue para los chichimecas y los caxcanes un Sitio Sagrado, aún lo es para los huicholes.

Esa noche me dormí profundamente tras decidir que a la mañana siguiente proseguiría con la redacción de **Hombres de a Pie.** *Por esos días padecía de temores infundados, temía por algunos instantes perder mi principal fuente económica: mi puesto en la Universidad de Guadalajara. A pesar de ello caí en un descansado sueño.*

Al poco rato de dormir tuve un sueño en el que un alacrán me picaba la pierna, envenenándomela y produciéndome crueles malestares. Debo aclarar que el alacrán es el guardián de la tierra donde ahora vivo y laboro. Colotlán significa **Tierra de alacranes.** *Con semejante imagen onírica adquirí la certeza de que debía continuar escribiendo el libro y retomarlo cuanto antes. El guardián de Colotlán: el alacrán, me confirmaba que mis temores eran infundados, que él me protegería, cuidando de mi persona y de mi trabajo mientras continuara en el camino de desarrollar mi obra literaria. Su picadura representaba algo así como una vacuna espiritual, me encontraba protegido por el guardián de Colotlán.*

Al levantarme por la mañana al siguiente día, tuve la certeza de que **Hombres de a Pie** *era parte de ese Proyecto Cósmico, como solía decir Rubén. Una vez conocido esto, debía apegarme a ése Proyecto que me trascendía personalmente. La escritura era un eslabón fundamental del mismo.*

Esa mañana ante la computadora escribí y transcribí casi veinte cuartillas de un sentón. El ritmo y el flujo de la escritura corrían sin igual. Pronto me vi necesitado de más información, requería volver a entrevistar a Víctor Fuentes y a Rubén Sánchez. Pronto los contacté de nuevo. El entrevistarlos no representó mayores dificultades. Regresé a Michoacán con mi grabadora portátil, haciendo un recorrido minucioso por varios de sus pueblos, comiendo sus platillos tradicionales, surcando en lancha los lagos sagrados de Zirahuén y Janitzio, comiendo el pescado blanco rebosado con huevo, las tortas de papas con queso y las quesadillas.

Tras un año sin contacto con los dos maestros, los encontré diferentes, ya no eran los mismos: poseían aún más conocimientos, más sabiduría y estaban cada uno, más y más centrados en sus propios proyectos. Yo también estaba muy seguro de los míos.

Después de hablar de la preparación del iniciado en la Tradición de los ancestros de Rubén y de la búsqueda de maestros adecuados con Víctor, el tópico del amor y de la sexualidad surgió como un tema obligado a tratar: ¿Cómo eran vistos el amor y el sexo desde una perspectiva espiritual y desde un enfoque del aprendizaje totalmente ajeno a las academias y las universidades? Fuera de todos los formalismos, cientificismos y burocracias. Siguiendo el hilo conductor de las entrevistas con ambos, iba dándome cuenta que el amor era el tópico central, el puente que unía la mayor parte de las experiencias humanas, sino es que todas: un sentimiento de servicio, un amor a los demás, a maestros, alumnos, discípulos, a los animales y las plantas, un amor y una compasión universales.

A continuación retomaremos el curso de la experiencia de Víctor Fuentes.

6.1 La manifestación expansiva de la onda amorosa

Una vez que decidiste venir a México debiste haber dejado todos tus pinches miedos. Tu decisión de venir debió haberlos vencido. Viniste porque querías venir. Ese es el modo del guerrero. Te lo he dicho mil veces: el modo más efectivo de vivir es como guerrero. Preocúpate y piensa antes de hacer cualquier decisión, pero una vez que la hagas echa a andar libre de preocupaciones y de pensamientos; todavía habrá un millón de decisiones que te esperan. Ese es el modo del guerrero.

DON JUAN MATUS Citado por Carlos Castaneda. *Una Realidad Aparte.* Fondo de Cultura Económica. México. Pag. 56.

El amor y el sexo son el Principio Fundamental de la Naturaleza. Ambos conforman la Estrategia de la Naturaleza para seguir propagando a sus especies, para que el Espíritu siga teniendo cuerpos y continuar viviendo sus experiencias.

Desde ese punto de vista el amor y el sexo son quizá lo más fundamental de la existencia.

La palabra sexo está relacionada con el número seis, que alude en el esoterismo tradicional a dos trinidades que se unen: cada ser aportando al otro su parte corporal, su parte emocional y su parte espiritual. Tres. Entre las dos trinidades de ambos seres forman el número seis. Un seis como una unidad, no como una suma cuantitativa de partes aisladas. Estamos hablando de que ésta fuerza conforma al amor.

El amor puede ser algo sublime, algo romántico, pero también es una energía, una fuerza, un espíritu.

Las cosas que en el Mundo Material parecen fantasiosas o míticas, en el Mundo del Espíritu realmente existen.

La Fuerza del amor está en el fondo y es el fundamento de toda existencia. No conviene entonces hablar del amor desde el punto de vista del sentimentalismo o de lo afectivo, que es el que a la mayoría de las personas les gusta. Sino hablar del amor desde una perspectiva espiritual.

El amor es un movimiento que tiene al mismo tiempo dos direcciones, una que atrae hacia el Mundo Material, y una que expande hacia el Mundo Espiritual. Una atractiva y otra expansiva. Aunque estas dos fuerzas están polarizadas y van en direcciones contrarias, ambas forman la manifestación concreta del sexo y del amor. El amor como atracción y el sexo como expansión. Es como el caso de una bomba atómica, en la que al mismo tiempo se puede apreciar cómo su reacción se expande en la parte superior y se contrae en la parte inferior.

La Manifestación Expansiva de la Onda Amorosa es la libertad. La de Atracción es el amor.

En la experiencia humana del hombre y la mujer que buscan trascender, la búsqueda del amor puede resultar aparentemente contradictoria. El amor y la libertad, la atracción y la expansión aparentan ser cosas irreconciliables. En la vida cotidiana es como la respiración que implica obligatoriamente dos movimientos: la inhalación y la exhalación. Uno solo de estos movimientos no es una respiración. Si yo solamente tomo el aire y nunca lo suelto, me muero; si sólo saco el aire y no vuelvo a tomar lo necesario, también moriría. Ordinariamente nosotros distinguimos ambos movimientos como separados, como fenómenos que ocurren secuencialmente. Pero en el Mundo del Espíritu ambos movimientos ocurren simultáneamente.

Cuando una persona quiere tener una relación amorosa con otra persona, en el Mundo Material indudablemente se vivirán momentos de atracción y situaciones de alejamiento. Constantemente el hombre y la mujer entran y salen de la relación sin perderla: van al trabajo, van de viaje, se distancian emocionalmente, se pelean, se tienen que alejar por diferentes situaciones. La confianza de la familia o de la pareja, estriba en que ambos o uno de ellos, regresarán de cualquier manera. Las personas regresan a su familia o con su pareja, donde les espera la cena y el afecto, después de haber estado alejados durante horas o días moviéndose en lo expansivo. Luego regresan, atraídos por la fuerza imantada de la familia y el cálido núcleo afectivo de su pareja. Es en ésta fuente donde los humanos se recrean y se recargan de energía después de haber andado en la expansión.

6.2 ¿En quién nos convertimos cuando estamos con la persona amada...?

La atracción y la expansión son la esencia del sexo y del amor.

En éstas dos polaridades están inscritas todas las grandes dificultades de las relaciones humanas.

En términos espirituales el amor debe contener éstas dos partes: el hecho de saber que nos encontramos libremente involucrados en la relación con el otro.

En el amor que la gente llama "libre" existe un compromiso parcial. Pero en el verdadero amor espiritual, el amor en profundidad, el hecho de regresar con la persona amada y decidir conscientemente permanecer con ella a pesar de las dificultades, se convierte en una oportunidad única de crecimiento en la vida. La frase que expresaría esto con más precisión sería *"¿En quién nos convertimos cuando estamos con la persona amada...?"*, o *"¿Qué más, además de lo que ya somos, llegamos a ser cuando estamos con ella...?"* Entonces ahí es donde el Espíritu se recrea, donde toma a las personas para vivir sus experiencias.

Estamos unidos de un modo u otro a las personas que hemos amado. Si hemos dejado de verlas o convivir con ellas por múltiples razones: sea que se fueron, que nos separamos definitivamente de ellas o que fallecieron, las seguimos amando de cualquier modo. El amor no se pierde, siempre las vamos a amar con la misma capacidad que las pudimos amar antes de que se fueran o que fallecieran. Porque tanto el amor como la libertad no están circunscritos al espacio ni al tiempo.

En el Mundo Material, el amor y la libertad son sólo conceptos, no existen realmente. En el Mundo Material solamente existen personas que dicen "te amo", o que ejercen su libertad, pero ambas palabras son sólo nominalizaciones. Sin embargo desde el punto de vista espiritual, tanto el amor como la libertad son entidades, son fuerzas muy reales que están ahí, son presencias que determinan lo que sucede en todas partes.

El artista es el ser humano que se encuentra más cerca de lo espiritual, quizá mucho más cerca del hombre al que llaman religioso. Porque puede penetrar en el Oscuro Mundo Espiritual con su imaginación.

Hace unos días observé a un artesano que esculpía máscaras de madera. Era asombroso, porque se trataba de un simple tronco de copal y el artista era capaz de ver el rostro de un jaguar en la madera desde mucho antes de tallar la máscara. El artista mira el tronco y sólo le quita lo que sobra para dejar la verdadera cara del jaguar. Era maravilloso. Eso para mí es un artista.

En la Dimensión de lo Espiritual el amor y la libertad son entidades con una fuerza que se manifiesta en el Mundo Material. En el Mundo Material se muestran como una fuerza, como las leyes de la gravitación, como la tendencia de ir hacia el centro.

En nuestro propio interior también existe ésa fuerza de atracción entre lo masculino y lo femenino. Un intercambio entre el Ánima y el Ánimo, como señalaba Jung, que constantemente se alejan o copulan dentro de nosotros.

6.3 Paradojas insostenibles

Aunque el hombre haya decidido mantener una relación de pareja, necesita su espacio independiente como hombre, y la mujer necesita igualmente el suyo. De lo contrario la vida en común y la actividad sexual caerían en el hastío. Incluso hay gente que recomienda que en un matrimonio las personas duerman en recámaras diferentes, visitándose sólo cuando van a compartir el sexo o la intimidad. Que incluso tuvieran un lugar especial para sus encuentros amorosos, como un santuario. Esto puede chocarles a muchas personas tradicionalistas.

Así es el amor de paradójico. Por desgracia para la mayoría de las personas las paradojas son insostenibles en el Mundo Material. Algunos se preguntaran: ¿Cómo es posible que se quiera vivir en recámaras separadas, si se ha decidido matrimoniarse o vivir juntos? Esto en el Mundo Material. Pero en el Mundo Espiritual es necesario éste espacio de independencia, que no se contrapone para nada con el haber decidido ser parte del a vida de otro en una relación. La paradoja se puede manifestar como una dualidad que puede parecer insoluble, a algunos los obliga incluso a tomar una mala decisión con respecto a su familia o a su pareja.

Lo paradójico desestabiliza, saca de quicio y puede hacer entrar a alguien en un mal estado de ánimo. De ahí los errores y las heridas que nos infringimos en ocasiones unos a otros aunque nos amamos

En el Mundo Espiritual la Paradoja tiene su existencia real, es una entidad, por mucho que le cueste a la mayoría de las personas aceptarla en su vida diaria. Todas las cosas tienen su anverso y su reverso. En el Mundo Material es imposible mirar al mismo tiempo ambos lados del amor, pero desde la Mirada Espiritual, sabemos que el otro lado ahí está aunque no se pueda ver.

Cuando se cae en conflictos con las personas amadas nos olvidamos de la Mirada Espiritual: que las amamos profundamente de cualquier manera y que el amor va más allá. Entonces se infringen heridas de las que luego surge gran culpa.

Si se enfocara en el Mundo Material la Mirada Espiritual, se sabría que todo retomará su cause original de cualquier manera y que los momentos de caos son temporales. El malestar nunca

durará demasiado tiempo; pero desde la Mirada No Espiritual
el dolor parece eterno.

En el Mundo Material la mujer y el hombre son completamente diferentes en todos los sentidos. En el Mundo Espiritual
no existen las diferencias de género, sólo permanece la fusión de
Una Sola Entidad.

6.4 El Tú, el Yo y el Nosotros

*Los brujos se dieron cuenta de que lo que llamaban la Voluntad
no es solamente la fuerza que es responsable de nuestra conciencia de ser, sino también de todo cuanto existe en el universo.
Vieron que es una fuerza que posee conciencia total y que surge
de los propios campos de energía que componen el universo.
Decidieron entonces que era preferible llamarla Intento, en vez
de Voluntad. Pero a la larga el nombre probo ser inadecuado,
porque no hace destacar la inconcebible importancia de esa
fuerza ni su activa conexión con todo lo existente.*

*Don Juan me había asegurado que nuestra gran falla colectiva
es el vivir nuestras vidas sin tomar en cuenta para nada esa
conexión. Para nosotros, lo precipitado de nuestra existencia,
nuestros inflexibles intereses, preocupaciones, esperanzas, frustraciones y miedos, tienen prioridad. En el plano de nuestros
asuntos prácticos, no tenemos ni la más vaga idea de que estamos
unidos con todo lo demás.*

*Don Juan me había también expresado su creencia de que uno
de los conceptos del cristianismo –el de haber sido expulsado del
Paraíso- le sonaba a él como la alegoría de la pérdida de nuestro
conocimiento silencioso, nuestro conocimiento del Intento. La
brujería era entonces un retroceso al comienzo, un retorno al
Paraíso.*

(CARLOS CASTANEDA –*El Conocimiento Silencioso*.
Ed. Planeta. Buenos Aires Argentina. 1987. Pag. 152-153)

Cuando dos personas deciden formar una nueva pareja, se genera todo un movimiento del cual surge una propiedad emergente: *el Tú, el Yo y el Nosotros*. Cuando la persona empieza a hablar no sólo del Yo y del Tú, sino del Nosotros, entonces está entrando en la Dirección del Amor. Mientras siga hablando sólo de lo suyo o lo del otro, no ingresará jamás en la Dirección del Amor.

Resulta una enajenación, una ficción, creer que lo que en el Mundo Espiritual es inseparable, en el Mundo Material se encuentra dividido. ¡Ésa constituye una Mala Visión!

La ida y la venida del Mundo Material al Mundo Espiritual y viceversa, es una danza. Por expresarlo con palabras que de cualquier manera son inexactas para abarcar algo muy difícil de explicar. Pues resulta esencial tener en cuenta ambas Miradas. No se debe despreciar al Mundo Material porque innegablemente es una expresión de lo Espiritual. Ni se debe tomar al Mundo espiritual como una evasión de los problemas materiales.

La mayoría de las personas que andan a la búsqueda de una relación de pareja, que han sufrido tropiezos y desilusiones, se acercan a los demás a partir de sus propias carencias. Si se sienten solos, buscan compañía; si se sienten excitados, buscan a alguien con quien desahogar la excitación; si se sienten no escuchados, buscan a alguien para que les escuche. En éste caso son personas que vienen acarreando una serie de deficiencias y vacíos, e inevitablemente buscan a alguien que les complemente. Lo cual constituye un grave peligro puesto que se busca fuera de sí mismo algo que es responsabilidad aquilatar en su propio interior.

Individuos que durante años persiguen al amor encarnado en personas con las que sin cesar encuentran dificultades y conflictos. Sin darse cuenta que lo que persiguen es a su propia Sombra.

Estas personas están obligadas a completar cada una de las etapas de su desarrollo antes de querer obtener el amor de otro. Si no las han completado deben ir y finalizarlas, para convertirse en hombres y mujeres completos. Llegar a ser verdaderamente personas con todas sus cualidades enteras. Entonces ya no se encontrarían persiguiendo en otros sus propias necesidades afectivas del pasado, sus fantasmas.

Cuando dos personas que han completado previamente sus etapas de desarrollo se encuentran, se trata de un encuentro en el que son dos seres enteramente hechos el uno para el otro, quienes coinciden en una etapa de plenitud de sus vidas y no pretenden que el otro supla sus carencias.

Esto es de sumo difícil en la cultura actual que vivimos. Pero en una cultura por venir, en una cultura que debe llegar a ser, en un futuro cercano, la capacidad de trascender y completar cada una de las etapas de la vida en el avance hacia el Espíritu, deberá ser un requisito fundamental. El transitar por cada una de las etapas inevitables de una manera plena y completa.

Si ése llega a ser el caso, entonces la gente ya no buscará parejas para que les hagan felices y los complementen. Buscarán pareja porque ya son felices, procurarán personas que también sean felices, para crear una felicidad aún mayor.

Cuando alguien está completo y es feliz evita a las personas incompletas o no cae en sus trampas.

Si ambas personas han alcanzado un desarrollo pleno y luego llega el caso de que se tienen que separar, ciertamente habrá dolor, pero permanecerá la dicha profunda de lo que compartieron. Es posible recordar al niño o a la niña del que nos enamoramos en nuestra infancia, y al evocar su imagen resurgirá como un perfume su aroma y su color. Es la dicha profunda que se quedó. Es un amor hermoso realmente, prácticamente platónico. A ésa edad los niños ni tienen rencores, si hay enojo pronto pasa. Probablemente nunca se vuelva a encontrar a ésa persona pues se fue a otra escuela o se cambió de país, pero la imagen tal como se la tuvo en la infancia, permanece con todo su afecto.

El encuentro amoroso puede ser entonces o una manifestación del Mundo Espiritual, o una ilusión producto de una de las etapas del camino hacia lo Trascendental aún no concluida. Por desgracia, la mayoría de las personas en su pequeño lapso de vida jamás salen de algunas de éstas etapas de tránsito por el Mundo Material, se quedan atrapados en ellas. Entonces alguien más, de la misma Alma Familiar o del mismo Grupo Espiritual al cual pertenecen toma ésa misión, como una huella, como un mandato a seguir, un fantasma al cual escuchar, una orden, una necesidad que debe cubrirse.

6.5 El hombre y la Mujer Soberanos

Creo que una de las preguntas más importantes que debe hacerse todo ser humano es la siguiente: *¿Te consideras a ti mismo como un ser material que anda en busca de la Trascendencia y de lo Espiritual? O por el contrario: ¿Te consideras más bien un Espíritu encarnado que está viviendo experiencias humanas...?*

Si te pudieras mirar a ti mismo como un espíritu teniendo experiencias humanas, entonces tu energía no sería absorbida por el rencor, el resentimiento, la añoranza, la tristeza, la lástima o la autocompasión. Tu energía no se perdería sino que se quedaría comprometida contigo.

Dado el caso que pierdas a las personas que amas o de que éstas se vayan de tu vida, aunque permanezca el dolor, tan sólo será una pequeña parte de toda la experiencia que poco a poco se irá absorbiendo.

Las personas que viven considerándose a sí mismas sólo desde la perspectiva del Mundo Material, en ocasiones nunca llegan a superar el dolor de duelo por haberse separado de sus seres amados, ni el desconsuelo ni el rencor.

Desde la perspectiva del Mundo Material, el dolor y el rencor son algo molesto que llega a enfermar. Desde la Mirada Espiritual, el dolor, el rencor y el amor se encuentran en el mismo plano.

Desde la Mirada Espiritual el amor y el dolor son experiencias a partir de las cuales podemos crecer en todos los niveles.

El Hombre y la Mujer Soberanos de un Futuro Posible, se podrán mover con fluidez tanto en el Mundo Material como en el Mundo Espiritual. Yo estoy seguro que algún día los seres humanos llegarán a ese estadio de desarrollo en que puedan manejarse adecuadamente tanto en lo material como en lo espiritual.

Si no creyera en ése posible futuro para la humanidad en que los hombres puedan ser soberanos de sus propias vidas, no me estaría dedicando a esto.

6.6 El Hombre y la Mujer solitarios

El hombre y la mujer solos, o solteros, deben plantearse a sí mismos el cuestionamiento del que hablaba yo con anterioridad: *¿Se consideran seres materiales buscando experiencias espirituales, o seres espirituales experimentado vivencias materiales.....?*

Procurar reflexionar acerca de sus experiencias amorosas previas, meditar acerca de ellas, y aprender lo que corresponda. Descubrir que si lo quieren, no están condenados a repetir sus errores del pasado, y que éstos constituyen experiencias necesarias para todo espíritu viajero. Hacer un balance de las experiencias con las personas que los amaron y las que no los amaron. Y tomar ambas como parte de un aprendizaje necesario. Valorar y respetar los momentos de amor y los momentos de desamor.

Es como al niño regañado al que se le dio una bofetada y luego se le trata de consolar explicándole porqué se le castigó. Luego él puede decir: "¡Pero eso no te da derecho a golpearme…!" Entonces el niño automáticamente se separa de la persona que ama. La gente que ha sido rechazada al buscar el amor erótico también se separa de las personas a quienes ama al sufrir el desamor.

En el Mundo Material el rechazo, el desamor y el dolor son experiencias de sufrimiento e incomodidad. Sin embargo en el

Mundo Espiritual el dolor, el desamor, el rechazo y el castigo también son experiencias de amor. Aunque suene paradójico y aquellos que carecen de la Mirada Espiritual no puedan comprenderlo de ésta manera. Desde ésta perspectiva el desamor y la soledad también son experiencias amorosas.

A sabiendas de que el Mundo Espiritual no es racionalizable ni explicable con concepto alguno. Cuando hablo del Mundo Espiritual no estoy más que haciendo uso de una metáfora lingüística, de una comparación, para expresar algo muy difícil de aprehender con las palabras.

En el hombre soltero o solitario que se guía únicamente por la experiencia del Mundo Material, hay un plan trazado muy rígido acerca de cómo es la persona ideal que anda buscando, y cómo deberá ser obligatoriamente una vida de pareja que, o le han inculcado, o se ha imaginado. Un modelo demasiado pensado y verbalizado acerca de la vida amorosa.

Pero desde la Mirada Espiritual lo que importa no es el modelo, sino la experiencia de haber amado a pesar de cualesquiera que hayan sido los resultados de la aventura. En el Mundo Espiritual no hay esquema, ni plan a seguir, ni modelo ideal de la persona amada, lo que importa es la experiencia que venga. Saber que la experiencia amorosa que viene será buena, sea cual sea el resultado obtenido. Cosa muy rara de considerar en un mundo utilitarista donde el éxito se mide sólo por resultados materiales cuantificables. Nadie quiere arriesgar, mucha gente ha sido herida, el dolor les produce mayor miedo y se paralizan.

Se puede observar muy claramente a las personas que se guían únicamente por las reglas del Mundo Material, porque inmediatamente les encuentran defectos a los demás. Cuando se hacen de una nueva pareja, muy pronto encuentran todos los pretextos para pensar que no es como el modelo inamovible que tienen dentro, comienzan a criticar a la persona que les ama. Pero la vida de ningún modo es como sus rígidos planes. De manera inevitable ésa gente sufrirá mucho y sus planes los enfermarán tarde o temprano. Se encontrarán solos y amargados.

Lo que el Espíritu quiere, es tener experiencias de las más variadas posibles. Por eso él crea a los animales, a los vegetales, a los humanos, a los ángeles y a los seres inmateriales, porque a través de todos ellos logra obtener sus experiencias tan diversas. Así el espíritu se crea a sí mismo.

La Biblia dice: *"Al séptimo día, Dios descansó…"* La palabra correcta debería ser: "Al séptimo día, el Espíritu se Recreó…" Seguramente el Espíritu al séptimo día se sentó a observar lo que había creado y dijo "¡Guau….! ¡Qué bello es todo eso…!" "¡Qué bien hecho me quedó!" Es como el artista que crea algo, que escribe un libro o pinta un cuadro, y luego se sienta a deleitarse con su obra. Cada vez que mira su cuadro se siente bien, para eso lo quiere, para recrearse.

Ésa es la Visión Espiritual sobre el amor. Desde ella lo bueno y lo malo, el amor y el dolor, están parejos. El dolor y el amor te pueden enriquecer o te pueden amargar.

Es posible vivir de acuerdo a ambas visiones, de hecho, es inadmisible no tomar en cuenta tanto la Mirada del Mundo Material como la del Mundo Espiritual.

Resumen

1. El amor es un movimiento que tiene al mismo tiempo dos direcciones, una que atrae hacia el Mundo Material, y una que expande hacia el Mundo Espiritual.

2. La búsqueda del amor puede aparentar ser contradictoria, debido a las dos direcciones del amor: la libertad y la atracción.

3. El ser humano puede plantearse la decisión de vivir como un cuerpo material que anda a la búsqueda de experiencias espirituales, o por el contrario, como un espíritu encarnado que está viviendo experiencias materiales. De tal decisión puede depender mucho de lo que encuentre en su búsqueda del amor.

4. Un espíritu encarnado no se preocupa porque lo que encuentre en su búsqueda amorosa se parezca a su modelo o ideal de amor. Sino que simplemente ama, lo que le importa es experimentar y haber amado a diversos seres.

7. Vibrar en la frecuencia de las Leyes Naturales

Lo "material" que en la vida cotidiana parece sólido y tangible, puede desintegrarse en pautas de energía, una danza cósmica de vibraciones, o en un juego de la conciencia. El mundo de individuos y objetos independientes se ve reemplazado por un estanque indiferenciado de pautas energéticas, o conciencia en la que diversos tipos y niveles de límites juegan arbitrariamente. Los que inicialmente consideraban que la materia era la base de la existencia y veían la mente como algo derivado de la misma, comienzan por descubrir que la conciencia constituye un principio independiente en el sentido de dualismo psicológico y acaban por aceptarlo como realidad única. En los estados mentales más amplios y universales se suele superar la dicotomía entre la existencia y la no existencia; la forma y el vacío parecer ser equivalentes e intercambiables.

(STANISLAV GROF –*Psicología Transpersonal*.
Ed. Kairós. Barcelona, España. 1988. Pag. 54)

Regresé a Uruapan en el verano del 2008, de nueva cuenta con mi grabadora portátil. Llegué por la mañana en autobús desde la Ciudad de Guadalajara y antes de entrevistarme con Rubén Sánchez, caminé larga y tranquilamente a lo largo de los senderos del Parque Nacional. Un nicho ecológico cubierto por árboles y vegetación nativa de Michoacán, por el que fluyen diversos mantos acuíferos de helado líquido cristalino. Subí una escalinata de roca que llevaba hacia la cumbre de una colina, donde se dispusieron varias columnas de cantera, aludiendo indirectamente la forma del Stone Age europeo.

Un grupo de mujeres de edad madura practicaba yoga en medio del círculo de rocas. Parecían un grupo de etéreos fantasmas danzantes. Un bando de espectros sexagenarios, pausados en sus movimientos, elegantes y delicados. Me coloqué a la distancia de ellas para no importunarlas y para que no me molestasen tampoco ellas a mí.

De mi morral de cuero que siempre llevo conmigo extraje mi grueso volumen de Stanislav Grof, su libro: Psicología Transpersonal. El psicólogo checo me tenía muy entretenido con la lectura de sus hipótesis sobre la ampliación de la conciencia, los estados intrauterinos y su propuesta de un paradigma psicodélico para la ciencia psicológica. La mañana era helada y húmeda, pues por la noche había llovido copiosamente durante casi doce horas.

Los escalones humedecidos resultaban resbaladizos bajo mis pisadas, y el peligro de caer desde una gran altura no era lejano. Sin embargo no me amedrenté y continué explorando el bello territorio michoacano.

Tras estirar un rato las piernas y oxigenar mi cuerpo con la caminata y algunas respiraciones, me instalé sobre el tronco de un viejo pino y me recosté sobre su corteza rugosa, disponiéndome a leer con toda calma mi libro de Grof.

Los tópicos del amor y el erotismo tratados en la entrevista anterior con Víctor Fuentes me habían puesto a pensar sobremanera en mi propia situación afectiva. Los tropiezos amorosos, las desilusiones y los descalabros con el sexo opuesto me tenían en guardia y en tensión constante, impidiéndome establecer una relación estable con alguna mujer desde tiempo atrás. Aunque sin dejar de experimentar interesantes y en ocasiones fortuitos encuentros. Pero la verdad es que no deseaba comprometerme con nadie por nada del mundo.

Al medio día participé en un nuevo temazcal. Estaba decidido, cuando menos por ésta ocasión a no ingerir alucinógenos. Se lo hice ver así a Rubén y él no estuvo en desacuerdo de que yo me abstuviera de comer al Abuelito ése día. No me sentía preparado para acercarme al peyote.

Nuevamente colaboré en la organización del temazcal, acarreando rocas y leña para la hoguera. Al ingresar al Baño Sagrado me sentí cómodo en el quemante vapor, rodeado por compañeros mestizos y purépechas quienes también participaban en la experiencia.

Cada temazcal se divide en diversas puertas: lapsos temporales en los que va ingresando nueva gente al cubil, o se introducen más rocas ardientes para luego ser mojadas y soltar su denso vapor. Se supone que cada individuo debe aprender a medir su resistencia al permanecer en el Baño Sagrado, es decir, nadie debe forzarse por estar más tiempo en el temazcal, de lo que su organismo es capaz de soportar.

Ése día yo resistí cuatro puertas, una más que mi estancia anterior en Michoacán, varios meses atrás. A la media hora de haber ingresado decidí que ya tenía suficiente de tierra, vapor y humedad. Pedí permiso a la Madre Tierra para poder salir de su Útero Terráqueo, creyendo que la experiencia sería como cualquier otra que había vivido con anterioridad. Extraje mi cuerpo despacio, reptando como un grueso anfibio proveniente de la noche de los tiempos.

Al ponerme de pie sentí que toda la sangre se me iba del cuerpo. Repentinamente mi mente cayo en la vacuidad, me era imposible pensar racionalmente, aunque me esforzaba por explicarme a mí mismo qué me estaba ocurriendo. Me encontraba incapacitado para moverme, para pensar o dar cuenta de lo que me pasaba. Lo único que atiné a hacer fue recargarme con los brazos sobre el tronco de un recto pino. No había duda, que aunque me esforcé por no ingerir al Abuelito y hacer de mi experiencia ése día lo más tersa posible, el Espíritu me había sorprendido de cualquier manera. Era imposible escapármele.

A la mañana siguiente, más relajado y dispuesto, tras un abundante desayuno constituido por "aporreadillo": un típico platillo michoacano, mezcla de huevo frito, carne secada al sol y salsa verde, me senté con Rubén Sánchez en la sala de su casa y encendí de nueva *cuenta la grabadora. Lo que sigue es el resultado de la amena charla que Rubén me compartió.*

7.1 Respetar los Campos de Acción de los Otros

Para respetar los Campos de Acción de las demás personas se debe ser flexible, queriendo que me respeten pero también respetando las Leyes Naturales. Si por ejemplo tu pareja no respeta ésas Leyes Naturales, la misma Ley se encargará de enseñarle el respeto. Si tampoco lo tienes tú, de seguro la ley te lo cobrará y tendrás que aprender, por las buenas o por las malas. Entonces si quieres que los demás te respeten, deberás respetar las Leyes Naturales.

Si yo voy a buscar peyote por ejemplo, pero mis relaciones con el Espíritu no se encuentran bien, entonces me pueden pasar muchas cosas: me puede agarrar la policía, o alguien puede sufrir un accidente, puedo tropezar con las Leyes Materiales.

Las Leyes Espirituales accionan en tu mente, accionan en el mundo que te rodea, y accionan en la Madre Tierra.

Es importante que las cosas que hagas vayan de acuerdo con el Espíritu y que no contradigan las Leyes Naturales. Es un deseo de hacer las cosas, de servir al Espíritu, es el respeto que te va ayudar y va ayudar a otros. Si yo deseo servir al Espíritu, entonces debo respetar las Leyes Naturales y no meterme en el campo de acción de otro, no molestarlo ni hacerle daño. Si no le quiero servir al Espíritu, entonces me meto en el Campo de Acción de otro y estoy fregando a los demás sin que me hayan hecho nada. Si yo no quiero respetar a los demás, entonces también estoy faltando el respeto al Espíritu.

No respetar las Leyes Naturales también es buscar el conocimiento para sacarle partido y obtener ganancias económicas. No quiere decir que no busques la subsistencia propia, pero el dinero no puede ser el fin del conocimiento. Es como si dijeras que

Rubén Sánchez es el único chamán conocido en Michoacán y en el Continente Americano, y ya con eso yo me dedique a sacar mi dinero, ¿No...? Y además les voy a dar un diploma a los asistentes por que vinieron al temazcal, y les voy a cobrar diez mil pesos...

Pero lo que yo hago es hacer temascales generales donde todo mundo pueda asistir y no cueste caro, que esté al alcance de todos. El temazcal general es el del Espíritu. Mucha gente organiza temascales por vanidad, para untarse mascarillas en la cara y para embellecerse, o para explotar a otros y sacar dinero. Pero ésos no son los temascales del Espíritu.

7.2 Los estancamientos mentales

Para los purépechas existe un conjunto de Leyes Naturales que se les manifiestan día a día a los seres humanos.

Es posible entrar en un estado de conciencia que dirige un total respeto a las Leyes Naturales: en purépecha se dice *Cachúmicua*: un absoluto respeto por las Leyes que se le manifiestan al ser humano. Leyes que se muestran en el Mundo Físico pero que también están en el Mundo Invisible, en el Mundo que llamamos Espiritual.

Uno entra en el Mundo Espiritual para conocer ésas leyes, pero debe entrar con respeto. Para entrar en ése mundo te armas con un caparazón de energía. Si se comienza a ser un *cachúmicua*, es decir, una persona que respeta las Leyes de la Naturaleza y del Espíritu, entonces las mismas leyes te van respetando a ti y te van enseñando más y más cosas. No necesitas hacer un viaje hasta la Luna o al Sol para aprender conocimientos sobre ellos, porque el Sol y la Luna manifiestan su poder en tí.

Uno tiene que enfrentar los errores, la información mal canalizada que se distorsiona conforme el ser humano no evoluciona. Cuando te estancas en tu vida surgen los pensamientos distorsionados, muchos los llaman virus mentales. Cuando te la pasas lamentando y no puedes dejar de pensar en tus problemas, viene la desesperación, el estancamiento mental.

Junto con el respeto del que hablamos anteriormente, debes enfrentar los miedos y los pensamientos distorsionados. Sabiendo que no pasa nada, que todos los problemas del Mundo Material tienen solución. Si tú respetas las Leyes Naturales, entonces ellas mismas te van mostrando el camino, que no es cualquier camino. A veces nos encerramos y no alcanzamos a ver que hay más puertas, pero la única puerta que vemos está cerrada.

Las leyes de la Naturaleza son las que rigen el espíritu, pueden resumirse en tres:

Primero que nada conocer nuestra forma de actuar. No es posible vivir bien en el mundo en que nacimos si no conocemos nuestra propia forma de actuar.

Después observar el mundo que te rodea, el mundo en que vives. Obtener una visión clara de las cosas. Si yo hablo con el Espíritu, o el Espíritu habla a través de ti, vas a tener una comunicación directa con él. Pero además debes preguntarte: "¿Qué quiero hablar, qué quiero ver...?" ¿Qué hay más allá de lo que escuchamos y de lo que vemos?

No dañar a los otros, sean personas, animales, plantas, seres espirituales, seres minerales... Ni meterte por nada del mundo en su campo de acción.

El Espíritu nos da energía a través del sol, del agua, de la tierra, del fuego. Aparentemente no nos cobra nada y todo es gratuito. Parece que no nos cobra nada porque somos inconscientes. Pero sí nos cobra. Cuando eres consciente sabes que tienes que respetar el conjunto de Leyes Naturales.

El ser humano debe comenzar por entender que hay leyes superiores que rigen la Conciencia Atómica, la Conciencia Social de las Masas, pero también la Conciencia de los Sistemas Planetarios en que vivimos. A veces no alcanzamos a percibir las leyes que rigen a un sistema solar o a una galaxia, mucho menos las leyes del Universo. Existen Galaxias, Sistemas Solares, y dentro de los Sistemas Solares hay Sistemas Sociales que hablan, piensan y tienen su propia ideología.

El ser humano debe regresar a su propia Naturaleza, porque fuimos hechos a imagen y semejanza de Dios. Dios es Naturaleza pura, energía solar que manifiesta Consciencias Atómicas, y nosotros somos también parte de la Naturaleza. Nosotros debemos acercarnos a ésas Energías Puras, para que nuestra propia visión se purifique y sea clara.

7.3 Las Creencias Ancestrales

Para el hombre racional es inconcebible que exista un punto invisible en donde se encaja la percepción. Y más inconcebible aún, que ese punto no esté en el cerebro, como capaz podría suponerlo si llegara a aceptar la idea de su existencia.

El hombre racional, al aferrarse tercamente a la imagen de sí, garantiza su abismal ignorancia. Ignora, por ejemplo, el hecho de que la brujería no es una cuestión de encantamientos y abracadabras, sino la libertad de percibir no sólo el mundo que se da por sentado, sino también todo lo que es humanamente posible.

(**DON JUAN MATUS Citado por Carlos Castaneda.** *El Conocimiento Silencioso*. **Ed. Planeta. México. 2003. P. 117**)

Las Creencias son unas, y el Conocimiento es otro. En la herencia religiosa se cree en la Iglesia Católica, y no es más que un conjunto de creencias que nos enseñaron desde niños, pero que se han vuelto viejas con el paso de los años. Una creencia se vuelva vieja a los quinientos años de edad. La religión te habla de un Cristo ensangrentado, y tú puedes decidir o no, venerarlo.

El Conocimiento Antiguo es otro. Consiste en cómo los antiguos sabios se manejaban de acuerdo a los Sistemas Naturales.

Ellos ya creían en el Poder del Sol y conocían sus Leyes, ya manejaban los Procesos Naturales.

El ser humano que quiere integrarse en el Conocimiento Ancestral, debe borrar de su historia y de su memora las Creencias Viejas, las etapas que no son reales, como las ideas religiosas, políticas, familiares, que le han enseñado y que nunca se ha cuestionado. Mucha gente va a la iglesia porque ésa es la tradición, pero nunca se ha preguntado las razones por las que va al templo, sólo lo hace porque lo llevaban desde niño. Y si en un momento dado ya no encuadra con lo que le decían en la Iglesia Católica, entonces los otros lo hacen sentir mal, le dicen que se está desviando del camino correcto, según la interpretación de los católicos. Pero eso en realidad no es malo.

La pregunta, si yo decido dejar a la Iglesia Católica, debe ser: "¿Si dejo el catolicismo hacia dónde me voy a ir...?" Pues hacia el Conocimiento Ancestral, sería la respuesta.

La gente suele decir: "Dios está en el Cielo, en la Tierra, en todas partes". Pero yo digo: ¿Quién es Dios...? ¿Jehová, Yahvé, Cristo, quién...?

En nuestra tradición lo que llamamos Dios es la Energía del Sol, la Energía de la Luna, la Energía de la Tierra. Dios es aquello que vive en éstos elementos. Tenemos un Dios palpable, no un Dios teológico, ni cristiano, ni de ningún otro.

Para borrar las creencias heredadas se debe ir accediendo al Mundo de los Espíritus poco a poco, y que ellos te vayan enseñando gradualmente. ¿Pero qué nos puede enseñar el Mundo Espiritual? Pues nos enseña que hay una Naturaleza que debemos cuidar, que hay contaminación que la daña, que no debes violar las Leyes Naturales: talando los montes, erosionando la tierra, ensuciando el agua y los mares. El actual Papa ha empezado a tomar conciencia y dice que es pecado contaminar. Pero si te dijera que estás ensuciando y destruyendo a tu propio Dios, sería mucho más directo y la gente lo entendería mejor

7.4 Madurar la Experiencia

Para empezar a cambiar, la gente debe acercarse a donde están las experiencias: los temascales, las ceremonias con plantas sagradas, la danza sagrada, las caminatas, los viajes sagrados, las velaciones.... Dentro de las Experiencias se manifiesta el Mundo Espiritual. Vivir la experiencia es comenzar el camino. Si te gustó la experiencia inicial, vas a seguir el camino buscando nuevas experiencias y aprendiendo.

Aprender significa integrar las Nuevas Experiencias y retomar de tus Creencias Viejas sólo aquello que más te sirve y va acorde con las Experiencias Espirituales. No se trata de desechar las Creencias Viejas, sino de transformarlas. Se trata de integrar el nuevo conocimiento con las Creencias que tras miles de años ya no sirven.

Nuestros antepasados no adoraban a Dios, estudiaban a Dios. Cuando tú estudias a Dios, él mismo te da el título. Si empiezas a investigar el Mundo de los Espíritus, tarde o temprano él mismo te da un título: *made in Dios*. Hablo en sentido figurado, o en broma, pero quiero decir que el Mundo Espiritual te recompensa en el momento en que has Madurado la Experiencia.

Se sabe que una persona ha Madurado su Experiencia cuando ha obtenido un Razonamiento de las cosas. Pero no es un razonamiento como el de los científicos o el de la gente que va a la Universidad. Es el razonamiento de alguien que comprende al mismo tiempo el Mundo Material y el Mundo de los Espíritus. Alguien que puede hacer vibrar su propia energía en ambos mundos a la vez sin confundirlos. Los tibetanos por ejemplo, meditan durante años para lograr una Experiencia Espiritual: la Iluminación. Algunos obtienen la Iluminación accidentalmente, casi sin buscarla, son privilegiados, pero son los menos. Una vez vivida la Experiencia de Iluminación, luego se buscan más experiencias.

El ser humano es 90% de energía, desde la sangre hasta los cabellos. El vibrar a nivel energético en una determinada frecuencia, logra elevar al individuo. Es lo que conocemos como una Experiencia de Iluminación. A ése nivel vibratorio las células del organismo se abren y hablan. Pero como la mayoría de la gente no entra en tales niveles vibratorios, no comprenden las Experiencias de Iluminación, jamás han entrado en ellas.

La dialéctica de lo sagrado contiene todas las reversibilidades: ninguna "forma" está libre de degradación ni de descomposición, ninguna "historia" es definitiva. No solamente una comunidad puede practicar –concientemente o sin saberlo- una multitud de religiones, sino también el mismo individuo puede conocer una infinidad de experiencias religiosas, desde las más "elevadas" a las más toscas y las más aberrantes. Esto también es verdad desde el otro punto de vista: puede tenerse, a partir de cualquier momento cultural, la más completa revelación de lo sagrado accesible a la condición humana.

(MIRCEA ELIADE –*El Chamanismo y las Técnicas Arcaicas del Éxtasis.* Fondo de Cultura Económica. México. 1966. P. 15)

7.5 El Demonio y los Fractales

Existe un tipo de frecuencia a la que nombramos Fractalia Natural, producida por la energía de los árboles, de los animales, mediante el efecto surgido al contemplar imágenes místicas, por la fuerza del cuerpo humano cuando medita o ingiere plantas de poder. Cuando tú entras a ésa frecuencia, entonces todo tu organismo penetra en una Experiencia de Iluminación. Experimentas estados de vibración mayor, choques de energía eléctrica. Aumenta tu energía, se incrementa la actividad de las glándulas, a las que los hindúes llamaban chakras.

Dentro de cada glándula hay un patrón genético que se activa. La primera glándula, la sexual, tiene doce voltios. Para que nazca la luz o nazca la vida, el hombre pone sus 6 voltios y la mujer sus 6. Por eso se le llama sexo: es la unión del hombre y la mujer, quienes proporcionan, cada quien, sus seis voltios. Luego nace la vida, después de que se estuvo fracturando y condensando la energía a lo largo de 9 meses. La Vibración Energética consiste en una forma geométrica que se va a unir a otra para crear a un nuevo ser.

Después de las sacudidas energéticas se logra una Visión, tu mundo se llena de colores, de imágenes. Es posible entrar tanto al Mundo Superior como al Mundo Inferior.

Si por algo entras en los Fractales Inferiores, verás a los seres inferiores: demonios, seres de la oscuridad. Si a la hora de entrar a un temazcal por ejemplo, no te encuentras bien centrado, tienes problemas con alguien, contigo mismo o con el Espíritu, te puede ir muy mal, y puedes ser mandado al Mundo Inferior.

Si entras muy retador a un temazcal, pensando que ya no puedes aprender nada nuevo, que lo sabes todo de antemano, deseándole mal a alguien, enojado, de seguro verás al Demonio. Lo mismo te puede pasar en una ceremonia de velación, en una meditación, en una danza espiritual: si no estás bien contigo mismo, te vas a enfrentar con el Demonio. Ésos son los Fractales Imaginarios.

No a todos les ocurre que tengan que enfrentarse con el Demonio en una Experiencia Espiritual. Si existe en ti originalmente un respeto por las Leyes Naturales, no tiene porque pasarte nunca nada. Si tú respetas las Leyes Naturales, entonces ellas te llevarán suavemente para que conozcas al Espíritu. Sin tener que entrar en los Mundos Inferiores.

Conforme vas tomando experiencia, volviéndote un *cachúmicua*: alguien que respeta las Leyes Naturales, conociendo cómo se forman, como se generan éstas leyes, entonces estás yendo despacio. Entonces diríamos que vas bien. No tiene porque pasarte nada ni tiene porqué aparecérsete el Demonio.

En mi Experiencia personal, las Leyes Naturales siempre me han llevado por Fractales de Luz, me han enseñado el Mundo y las Formas de Luz: ¡Cómo nace la Luz, cómo se manifiesta la Luz, qué es la Luz!

He tenido algunas experiencias en donde he viajado también a los Mundos Inferiores. Pero ha sido conscientemente, sabiendo que estoy protegido dentro de un Círculo de Energía, y puedo viajar a los dos mundos sin que me pase nada. A este Círculo de Protección los antiguos le llamaban *Mercabar:* El Carro de Luz. Un vehículo que te permite viajar a todos los mundos sin sufrir un rasguño. El Carro de Luz Protector lo consigues aumentado las frecuencias energéticas de tu cuerpo, tu magnetismo.

Conforme vivas experiencias de Iluminación te darás cuenta que no siempre es posible estar iluminado. Por lo general sólo ocurre durante ceremonias, velaciones, danzas sagradas. No es posible estar diario en Frecuencias de Iluminación. Los problemas sociales y personales de la vida cotidiana, el trabajo, las relaciones de pareja, los problemas con los hijos y los vecinos, pueden bajar tu frecuencia energética. La vida mundana te hace perder tu conexión con la Naturaleza, pero es inevitable.

¿Cómo vas a ejercitar tu mente?: Leyendo. ¿Cómo vas a ejercitar tu físico?: Caminando, moviendo tu cuerpo, comiendo sanamente. ¿Cómo vas a ejercitar tu espíritu…? Uniéndote con la Fuerza de la Naturaleza. Ejercitando el respeto, llegando a ser un *cachúmicua*: alguien quien conoce el conjunto de Leyes Naturales y las respeta ante todo.

7.6 Los Círculos Sagrados

Un guerrero toma su suerte, sea cual sea, y la acepta con la máxima humildad. Se acepta con humildad así como es, no como base para lamentarse, sino como base para su lucha y su desafío. Nos demoramos mucho para comprender eso y vivirlo por entero. Yo por ejemplo, odiaba mencionar la palabra humildad. Soy un indio, y los indios siempre hemos sido humildes y no hemos hecho nada más que agachar la cabeza. Yo pensaba que la humildad no tenía nada que ver con el camino del guerrero. ¡Me equivocaba! Ahora sé que la humildad del guerrero no es la humildad del pordiosero. El guerrero no agacha la cabeza ante nadie, pero, al mismo tiempo, tampoco permite que nadie agache la cabeza ante él. En cambio, el pordiosero a la menor provocación pide piedad de rodillas y se echa al suelo a que lo pise cualquiera a quien considera más encumbrado; pero al mismo tiempo, exige que alguien más bajo que él le haga lo mismo. Yo solo conozco la humildad del guerrero, y eso jamás me permitirá ser el amo de nadie.

(DON JUAN MATUS Citado por Carlos Castaneda. *Relatos de Poder.* Fondo De Cultura Económica. México.1974. P. 32-33)

El respeto necesita aprenderse, practicarse como cualquier otra cosa.

¿Cómo voy a practicar el respeto? Yendo a la Naturaleza, relacionándome con más gente que también ame a la Naturaleza: los chamanes, la gente de Conocimientos Tradicionales, los que practican Ceremonias Sagradas: los huicholes, los tarahumaras, los navajos, los purépechas, la gente del Sur del Amazonas.

Me juntaré con éstas personas, porque en sus círculos espirituales se habla de las Leyes Naturales, ellos buscan integrarse con la Naturaleza. En un Círculo Sagrado en general no se tratan cosas mundanas: dinero, deudas, problemas personales. Porque bajarían la frecuencia energética de los participantes. En los Círculos Sagrados se buscan ideas provenientes de otras frecuencias, de otras dimensiones, de otros planos, para ponerlas en el Círculo al alcance de los demás.

En un Círculo Sagrado todos somos una familia. Durante una ceremonia o una velación en un Círculo Sagrado, aquel quien alcance el máximo grado de vibración, será quien traiga el conocimiento para todos. Por lo general es el chamán.

Todo el mundo tiene acceso a niveles vibratorios elevados, pero la mayoría del tiempo nos la pasamos preocupándonos por los problemas con nuestra familia, el trabajo, por las deudas que debemos o que nos deben, por el enojo. Todo ello impide que tengas acceso a niveles vibratorios elevados.

En los Círculos Espirituales se busca mantener un respeto por todas las cosas.

Todo mundo puede crear Círculos Espirituales: espacios de armonización de energía, lugares en donde crece la frecuencia energética, pero se necesita práctica. Los chamanes tienen miles de años practicándolo, desde antes que existieran las religiones como las conocemos oficialmente hoy, antes de que existiera el papel y el conocimiento se escribiera. El tiempo de los chamanes comenzó cuando la gente inició las caminatas, cuando se dieron cuenta que había fuerzas espirituales superiores a los seres humanos.

Resumen

1. Surge antes que cualquier cosa, la necesidad de respetar las Leyes Naturales. Es difícil que alguien las aprenda memorizándolas como si fuese una letanía, las tablas de multiplicar o el conjunto de los pecados capitales. A respetar las Leyes Naturales se aprende paulatinamente y mucho más sobre la práctica. Entrando gradualmente en el Mundo de los Espíritus con ayuda de guías especializados. También estableciendo contacto profundo con la Naturaleza y una relación de respeto, más que nada con ella.

2. Como parte de ése respeto a las Leyes Naturales, se encuentra la necesidad de no invadir el campo de acción de los otros, sean seres humanos, animales o vegetales. La necesidad de cuidar el planeta y sus ecosistemas está por encima de cualquier cosa. Pues la propia Naturaleza es parte del Mundo espiritual.

3. Los Círculos Sagrados son espacios que consisten en la reunión de personas cuya finalidad común es establecer un acercamiento mayor con el espíritu. Dentro de dichos Círculos los participantes se ayudan unos a otros para lograr establecer niveles elevados de vibración. Aquel que logra vibrar energéticamente su organismo mucho más que los demás es el chamán, quien se encargará de poner al alcance de todos los presentes conocimientos provenientes de planos y mundos de orden espiritual.

8. Necesidad de buscar una Misión y una Visión Sagradas

La capacidad de tolerar lo displacentero y el dolor sin huir amargamente a un estado de rigidez van aparejadas con la capacidad de recibir felicidad y dar amor. Usando las palabras de Nietszche: el que quiere aprender a "regocijarse con los altos cielos" debe prepararse a ser "rechazado hasta los infiernos". En contraste con eso, nuestros conceptos actuales y educación europeos han convertido a los jóvenes –de acuerdo a su posición social-, ya sea en muñecos envueltos en algodón, ya sea en máquinas industriales o de "negocios", secas, crónicamente malhumoradas, incapaces de experimentar placer.

(WILHELM REICH, *La Función del Orgasmo*.
Ed. Paidós. México D. F. 1989. P. 161.)

Aunque mis estados emocionales mejoraban parcialmente, continuaba teniendo días malos. La depresión retornaba insidiosa, permitiéndome disfrutar también de frecuentes períodos de tranquilidad. Llegué a la conclusión, después de trece años de haber padecido el primer ataque de ansiedad y tristeza, para mi pesar, que nunca me curaría totalmente de la depresión. Gozaba de amplios períodos de serenidad y calma, más luego era asaltado ocasionalmente por profundos momentos de melancolía y extrema sensibilidad nerviosa. Estos intervalos de sensibilidad excesiva me parecían, según mis conclusiones, como los ecos o los residuos de una colisión cósmica que atravesaría toda mi vida.

Había nacido en una importante metrópoli de México, en la ciudad de Guadalajara. Por cuestiones de trabajo, como he comentado anteriormente, tuve que emigrar hacia el norte del estado de Jalisco, hacia un centro foráneo perteneciente a la Universidad de Guadalajara, para laborar como docente e investigador. Una zona fría, rodeada por montañas, cañones y acantilados, tierra de murciélagos, alacranes, coyotes, venados y árboles de mezquite, zona semidesértica, antigua y helada. Sede de las Guerras Chichimecas y de la lucha del Mixtón, entre caxcanes y españoles siglos atrás. Una de las puertas de la Sierra Madre Occidental, recorrida por grupos étnicos huicholes, mejicaneros y tepehuanos, escenario también de la Guerra Cristera en 1926. Sería mi nuevo hogar.

Estando en Colotlán precisamente, instalado en un pequeño departamento, acondicionado como estudio y consultorio psicológico, me di a la tarea de trabajar en la escritura y en los estudios autodidactas. Redactaba por las mañanas, escribiendo a mano, luego transcribiendo en la computadora. Trabajaba al mismo tiempo en la redacción de una nueva novela, sería la segunda parte de mi Histérica y Adorada: Cuentos de psicoanálisis en México (Deauno.com, 2008), así como en la escritura de Hombres de a pie. También leía mucho: novelas: a Hemingway, lo leía sin parar y lo encontraba bellísimo; libros y autores de antropología: a Edgar Morin, a Mircea Eliade y a Levy Straus; en un semestre leí cuatro libros de la extraordinaria serie de Castaneda y sus andanzas con don Juan Matus. También profundizaba en libros sobre psicoanálisis y terapia gestalt. Escuchaba bastante música, había acumulado una enorme colección de discos de rock alternativo, y un agradable ambiente auditivo me acompañaba todos los días, en un Ipod o en discos compactos.

Comencé a practicar la psicoterapia, mis vivencias y crisis insuperadas me permitían comprender cada vez más a mayores tipos de personas, y ayudarlos a encontrar posibles soluciones para sus sufrimientos y problemáticas. O ayudarlos a sobrellevarlos. Sin dudas las crisis emocionales me hicieron más sensible y capaz de contactar con mayores cantidades de individuos. También mis libros se enriquecían de ésta no siempre agradable hipersensibilidad mía, proporcionándole extraños personajes a mi imaginación. Por primera vez en mi vida, la psicología, profesión que me acompañara desde los diecinueve años cuando ingresé a la universidad, se volvía una hermana noble de la literatura y las experiencias escritas.

Una noche en Colotlán, contemplando la segunda temporada de la serie televisiva de los años noventas: Dawson 's Creek, me dio un fuerte ataque de melancolía. ¿Cómo era posible que aquellos episodios melodramáticos entre adolescentes me conmoviesen tanto, si ni siquiera los seguí en la época en que se estrenaron, a finales de la década de los noventa? Sin embargo la serie y sus personajes pertenecían a mi generación. En 1999 yo tenía veintidós años, mi familia sufría penalidades debido a la crisis económica que sacudió México en aquella época. Y que a la fecha no para. En el 99 yo era un psicólogo recién graduado de la facultad, gran lector, amante de la música, guitarrista autodidacta, temeroso, nervioso, deseoso e inseguro.

Parecía que al contemplar a los jóvenes personajes del lago Creek destapaba una vieja cloaca, descubriendo a mi yo adolescente o joven, clamándome dolorido y olvidado desde las sombras. Recordé el pasaje de Edgar Morin, en su libro Mis Demonios, donde habla de la presencia simultánea del niño, el adolescente, el joven, el adulto y el anciano en su persona. Constaté la necesidad de permanecer siendo niño, adolescente y adulto-joven, al mismo tiempo que viejo correoso y experimentado. Todas las etapas de mi vida, en mí, debían palpitar y vibrar al mismo tiempo sin oponerse.

Me había esforzado mucho, siguiendo las enseñanzas de Víctor Fuentes y Rubén Sánchez, por obtener objetivos claros en mi vida, una Misión y una Visión proyectadas trascendentalmente. Por lo visto en mis esfuerzos por adaptarme al presente, superar mis depresiones y encontrar cabida en el mundo laboral despiadado, me olvidé de mi parte adolescente.

Retornar al proceso de redefinición de mi propia Misión y Visión Trascendental sería una necesidad ineludible. Concluí que tratar ésta temática en el libro de los Chamanes del Occidente Mexicano resultaría interesantísimo tanto para mí como para los posibles futuros lectores. Le propuse a Víctor dicha idea, sugiriéndole que uno de los capítulos girase en torno a la necesidad de definir o redefinir una Misión y una Visión Trascendentales. Estuvo más que de acuerdo. Lo que sigue, fue lo que me contó en nuestro encuentro al respecto, sentados una mañana de Noviembre de 2008 en su consultorio:

8.1 Somos Seres Multidimencionales

Desafortunadamente no tenemos a nuestra disposición una palabra más precisa que el término "religión" para describir la experiencia de lo sagrado. Este término acarrea consigo una larga historia, aunque bastante limitada desde el punto de vista cultural. Uno se pregunta cómo puede aplicarse de forma indiscriminada al antiguo Oriente Medio, al judaísmo, al cristianismo y al Islam, o al hinduismo, al budismo y al confucianismo, así como a todos los denominados pueblos "primitivos". Pero tal vez sea demasiado tarde para buscar otro vocablo, y "religión" todavía puede ser una palabra útil si tenemos en cuenta el hecho de que no implica necesariamente la creencia en Dios, dioses o espíritus, sino que se refiere sólo a la experiencia de lo sagrado y, por tanto, se halla relacionada con los conceptos de "ser", "sentido" y "verdad".

(MIRCEA ELIADE, La Búsqueda. Ed. Kairós. Barcelona. 1999. P. 7)

Todos los seres humanos debemos desarrollar una Misión y una Visión. La visión es el descubrimiento de un sendero o un camino a seguir, un fin a donde llegar, y la Misión vendría a ser la manera de recorrer ese camino o lograr lo previsto en la Visión.

Pero la mayoría de la gente ni siquiera intuye cuál es su Visión. Lo primero es averiguar precisamente en qué consiste ésa Visión y ésa Misión individual que cada cual debe seguir.

Somos seres multidimencionales. La cultura nos entrena de manera que percibimos que somos seres unidimensionales, que únicamente vivimos en una dimensión material. Lo cual influye en nuestra manera de pensar y de sentir. ¿Te das cuenta que cada vez es más escaso y más fortuito nuestro contacto con el Espíritu? Para la cultura en que vivimos, los seres humanos somos contenedores de creencias, de ideas que nos depositan otros, queriéndonos ubicar exclusivamente en un carril. Lo cual es una visión occidental del ser humano.

Así como existe un mundo Visible, Material, existe un mundo invisible, Espiritual. Pero en una visión limitada y unidimensional, nadie puede estar consciente de que existe el Mundo Espiritual.

Entonces, desde una perspectiva unidimensional la necesidad de plantear o buscar una Visión y una misión se limita exclusivamente al Mundo Material. Es una herencia cultural familiar que se manifiesta en una serie de limitaciones, fronteras, trabas y obstáculos para evitar desarrollarnos todo lo que podríamos llegar a ser y a realizarnos. Nos marcan hasta dónde podemos llegar, y hasta dónde ya no. Pareciera que la actual cultura occidental no quiere que los seres humanos lleguen a ser todo lo que su potencial les permitiría.

Para la mayoría de la gente, su Misión y su Visión se circunscribe exclusivamente a lograr metas en el Mundo Material. Dinero, posiciones sociales, políticas, estatus, reconocimiento, ser dueño de personas y cosas...

Contrariamente, para la forma de ver las cosas de la Tradición y de los Abuelos de la Tradición, los seres humanos son multidimencionales.

En la Primera Dimensión tenemos una serie de vivencias a nivel físico y material. En la Segunda Dimensión empezamos a explorar aquello que hay más allá de nuestro propio nivel físico.

En la Tercera Dimensión somos capaces de ir mucho más allá de nuestras limitaciones culturales y del lugar donde nacimos.

El arte de un cazador es volverse inaccesible. Ser inaccesible significa tocar lo menos posible el mundo que te rodea. No comes cinco perdices: comes una. No dañas a las plantas sólo para hacer una fosa para barbacoa. No te expones al poder del viento a menos que sea obligatorio No usas ni exprimes a la gente hasta dejarla en nada, y menos a la gente que amas.

Ponerse fuera del alcance significa que evitas, a propósito, agotarte a ti mismo y a los otros. Significa que no estás hambriento y desesperado, como el pobre hijo de puta que siente que no volverá a comer y devora toda la comida que puede.

Un cazador sabe que atraerá caza a sus trampas una y otra vez, así que no se preocupa. Preocuparse es ponerse al alcance, sin quererlo. Y una vez que te preocupas, te agarras a cualquier cosa por desesperación; y una vez que te aferras, forzosamente agotas a la cosa o a la persona de la que estás agarrado.

Ser inaccesible no significa esconderse ni andar con secretos. Tampoco significa que no puedas tratar con la gente. Un cazador usa su mundo lo menos posible y con ternura, sin importar que el mundo sean cosas o plantas, o animales, o personas o poder. Un cazador tiene trato íntimo con su mundo, y sin embargo es inaccesible para ese mismo mundo.

Es inaccesible porque no exprime ni deforma su mundo. Lo toca levemente, se queda cuanto necesita quedarse, luego se aleja raudo, casi sin dejar señal alguna.

(DON JUAN MATUS Citado por Carlos Castaneda – *Viaje a Ixt-lán*. Ed. Fondo de Cultura Económica. México. 1975. Pag. 107-108)

Quienes se encuentran en una Tercera Dimensión de cualquier manera poseen una visión mucho más amplia que quienes están en las primeras dos. Sin embargo no deja de ser una visión condicionada por la cultura y el medio social.

Pero hay una Cuarta Dimensión, que va mucho más allá de todo espacio y tiempo de carácter personal, social e inclusive generacional. En esta dimensión la percepción del tiempo deja de ser lineal, ya no hay división tradicional entre pasado, presente y futuro. El tiempo se convierte en un inmenso y extenso presente. Hay otras dimensiones más allá de la cuarta, pero son indescriptibles con palabras, las palabras se quedan chicas para describirlas. Porque las palabras sólo pertenecen a las primeras Tres Dimensiones.

Cuando hablamos de *multidimensionalidad*, estamos hablando de que en realidad somos mucho más de lo que somos capaces de percibirnos a nosotros mismos. Retomando el ejemplo de la hipnosis o el de la meditación, nos damos cuenta de que la mayoría de las personas, la mayor parte del tiempo nos la pasamos ausentes, como en una ensoñación. Siempre estamos remitiéndonos a una serie de imágenes mentales acerca del pasado o del futuro, y poco en realidad estamos despiertos viviendo el presente. Un futuro que ni siquiera es auténtico, puesto que está construido sobre la base de experiencias pasadas. Esto representa una enorme limitante porque nos impide abrirnos a experiencias nuevas y nos imposibilita aprender.

Es algo de lo que hablábamos en otra ocasión: que si nosotros nos concebimos a nosotros mismos como espíritus teniendo experiencias materiales, entonces nuestra capacidad de aprender es ilimitada. Es solamente una manera de percibirnos a nosotros mismos: si es que somos espíritus teniendo experiencias humanas.

Desde una perspectiva del tiempo global, ya han sucedido todas las experiencias. Desde la perspectiva del Mundo Espiritual ya existe una Misión y una Visión trascendentales para nosotros, a las cuales debemos buscar. Pero en la mayoría de las ocasiones no podemos encontrarlas porque vivimos atrapados en un ser de una sola dimensión, o de dos, a lo mucho de tres, y ya es hablar en palabras mayores.

El Ser Multidimensional quien vive en la Cuarta o en la Quinta dimensión posee en realidad una Visión muy clara y muy específica de cuál es el trabajo concreto que debe desempeñar en la vida. Sabe que la Misión y la Visión trascendentales se realizarán de cualquier manera, le guste o no le guste, esté de acuerdo con ello o no. Lo único que hace es adaptar su configuración personal a un Plan Mayor que lo trasciende, tal como decía Don Juan Matus. Es un ser que realmente tiene una Visión muy amplia y fluye con una corriente que nos rebasa a todos en lo individual y en lo colectivo, algo transgeneracional.

Esta perspectiva de lo multidimensional permite que los seres pertenecientes a la Primera, Segunda o Tercera dimensión diseñemos nuestro propia destino, nuestra propia Misión y Visión. Algunos lo logran, pocos en realidad. Entonces se vuelven carpinteros, escritores psicoterapeutas. En las dos Primeras Dimensiones elegir a qué te vas a dedicar parece una libre elección: luchas por lo que quieres, vas intercalando esfuerzos. Parece una elección a nivel individual realmente. Pero en la Cuarta y Quinta dimensión nuestros actos son trascendidos por intencionalidades que nos sobrepasan a nivel individual.

Buscar la realización tan solo en la Primera, Segunda y Tercera dimensiones, es una labor que casi todo el mundo emprende. Hasta aquí estamos hablando de objetivos materiales y sociales. La mayor parte de las veces con misiones muy limitadas que por consiguiente llevan a resultados igualmente estrechos.

El hombre que vive en las primeras Tres Dimensiones y no llega más allá puede llamarse el Hombre Masa, como decía Jung, el Hombre Borrego. No trasciende más allá. Pero aquel que supera las primeras tres dimensiones y supera el impulso colectivo hacia la inercia, llega a convertirse realmente en un Hombre de Conocimiento. Este hombre amplía su Visión porque es capaz de conectarse a una dimensión mayor, que en realidad no significa nada más que conectar consigo mismo.

Para el Espíritu Mayor, el cual se encuentra a partir de la Cuarta y Quinta Dimensiones, lo que nosotros hacemos en las primeras tres le resulta indiferente. Porque en éstas pasa lo que tiene que pasar, independientemente de nuestra participación voluntaria. Cada uno de nosotros trae un mensaje o un regalo que dar a los demás y al mundo. Cosas tan sencillas que ocurren como transmitir la vida y tener hijos.

Piensa en el caso de la biografía de Albert Einstein. Sus padres realmente fueron personas comunes y corrientes. Pero desde el punto de vista del Espíritu, el hecho de que sus padres le dieran la vida fue un acto extraordinario que creó a un genio. O el caso que cuenta la Biblia sobre la genealogía de María, el hecho de que sus antepasados le otorgaran la vida fue un acto humilde pero extraordinario. Era descendiente de príncipes. ¡La vida a lo largo de las generaciones va preparando el movimiento del que surge un fenómeno superior! Una manifestación muy explícita de lo que es el Espíritu en sus dimensiones más amplias. En este sentido son superadas las pequeñas vidas individuales con sus azarosas penalidades y vivencias.

El sufrimiento es mayor si sólo te quedas en las primeras tres dimensiones. Pero si eres capaz de erigirte hacia la cuarta y quinta dimensión, en busca de una Misión y una Visión trascendentales, tu sufrimiento cesará porque cambiará su significado y estará al servicio de un Plan Mayor.

8.2 ¿Cómo te quieres mirar a ti mismo?

Para mí todo esto de lo que estamos hablando parte de la decisión personal acerca de: ¿Cómo te quieres mirar a ti mismo…? Porque tú decides cómo te miras: como un ser humano material buscando experiencias espirituales, o como un espíritu teniendo de experiencias humanas.

Ambas decisiones van a marcar caminos totalmente diferentes porque son Visiones diferentes. La Misión es una respuesta a la Visión. La Visión puede ser la respuesta a la influencia de la cultura, de otras personas, o lo que tomamos de nuestra familia, que incluso heredamos genéticamente. Esa Visión nos va a colocar de cara a una Misión que nosotros adoptaremos.

La Visión Mayor, aquella que surge al llegar a las dimensiones cuarta y quinta nos coloca en el Verdadero Camino. Se refiere a las personas que han tenido la necesidad de establecer un contacto profundo con este Ser Extenso que nos abarca a todos y que es el Todo. Transformando todas sus posibilidades y sus relaciones.

8.3 La Apertura de las Puertas Dimensionales

Las Puertas Dimensionales se abren una vez al año, en estos días de finales de Octubre y principios de Noviembre. En las culturas tradicionales esto significaba que el contacto entre el Mundo Material y el Mundo Espiritual se acrecentaba y era la oportunidad para obtener la Gracia esperada. Es un momento de compenetración entre las primeras Tres Dimensiones y la Cuarta y Quinta. Entonces los muertos y los ancestros entran en contacto con los vivos.

Desafortunadamente para la mayoría de las personas, los ancestros y los muertos se encuentran en el pasado. Pero desde el Punto de Vista de la Tradición los ancestros siguen presentes, aunque viven en el Mundo Espiritual. Debo aclarar que el Mundo Material en realidad es parte y está incluido en el Mundo Espiritual, aunque no lo percibamos así cotidianamente.

A los muertos los lloramos y nos dolemos de ellos porque creemos que se han ido y pertenecen al pasado. No nos damos cuenta que el Mundo Espiritual está por doquier y que nuestros ancestros no nos han dejado sino que habitan en él. ¡Tenemos tan olvidado el Mundo Espiritual! Siempre estamos atados a lo que pudo ser, a lo que debió haber sido y nunca será. Entonces nos alejamos del Mundo Espiritual.

El hombre y la mujer que deciden por propia voluntad contactar con la Esfera Mayor de la existencia, la parte en que la Vida es Una Sola, requieren realizar el trabajo de una búsqueda muy profunda. En las culturas ancestrales, la búsqueda de la Visión era algo que se hacía durante cuatro años, en los cuales el trabajo físico era cada vez era más fuerte, con la finalidad de acallar el parloteo mental. Entonces se iban a la montaña, en el aislamiento para aquietar la mente. En la primera parte de su entrenamiento, los jóvenes debían enfrentar sus miedos y sus emociones, lo cual duraba cerca de diecisiete días. En los siguientes ciclos, varias semanas más de aislamiento, comenzaba a surgir una Visión que se convertiría en rectora de sus vidas. La idea era dejar atrás todo lo que era el mundo conocido para ellos, mover sus esquemas y permitirles acceder a una Dimensión cada vez Mayor. Se hacían sacrificios para integrarse con el Espíritu.

Actualmente cuando tenemos conocimiento de los sacrificios que hacían las culturas ancestrales nos horrorizamos y escandalizamos porque no los entendemos. Pero ellos poseían una verdadera ligadura con el espíritu. Aquellos que se sacrificaban sabían que sus vidas serían parte de un Plan Mayor y eran preparados durante mucho tiempo para ello. Eran Elegidos. La vida y la muerte tenían otro significado que apenas alcanzamos a entender hoy en día, o que nos es completamente inaccesible. Nosotros seguimos moviéndonos dentro de esta limitada tridimensionalidad, y las personas del mundo académico tal vez sean quienes más tienen dificultades para salir de ella. Siempre buscan la causa y el efecto de las cosas, o lo comprobable.

El sacrificio humano en los inicios, tal como nos cuentan los Abuelos, era voluntario, la gente de la Tradición sabía que la vida se nutre de vida, y para que las generaciones postreras vivieran mejor, sus antecesores tenían una Visión muy clara de que debían sacrificarse, a tal grado de morir por su Visión. Se ofrecían a sí mismos, y eran personas muy conectadas con el espíritu. Era una ofrenda que se hacía por el bien de todos.

Con el tiempo los sacrificios degeneraron y se volvieron ma-
sacres en donde se sacrificaban prisioneros que no la debían ni la
temían. Esto coincide con la decadencia de todo imperio.

Pero lo esencial es que el sacrificio humano voluntario está en
la base del acceso a Dimensiones cada vez mayores. Y en nuestra
actual cultura materialista nos hemos olvidado por completo de
que al sacrificar se entrega y se trasciende. Difícilmente somos
ya capaces de sacrificarnos realmente por algo.

Resumen

La Misión y la Visión son planteadas en la mayorías de las ocasiones desde Tres Primeras Dimensiones, las cuales tienen que ver principalmente con el Mundo Material y Social.

El principal obstáculo consiste en comenzar a plantear la Misión y la Visión ahora desde la Cuarta y Quinta Dimensiones. Desde ésta última perspectiva se llega a tener una Visión de la totalidad de la vida.

El aprender a sacrificarse y a entregar, son requisitos fundamentales para ir accediendo poco a poco a los niveles de la Cuarta y Quinta dimensión.

9. La última Noche en Uruapan

Cada ocasión que fui a Uruapan entre el año 2005 y el 2008, tiempo que tardé escribiendo este libro, sentía que había algo mío en esta ciudad. Seguramente todos han tenido la sensación al visitar una ciudad que no es la suya, de estar de cualquier manera recorriendo un lugar que es extrañamente familiar, tal vez sólo conocido a través de sueños, con la certeza intuitiva de estar a punto de encontrar algo o a alguien. Sin no obstante, tener la menor idea de quién ni de qué se trata.

Caminaba una y otra vez por sus calles gradualmente más conocidas y entrañables. Sentía que aunque tenía ya suficiente información para redactar el libro entero, aún había algo en ella que me pertenecía o que me sería otorgado, puesto que también aprendí en estos años que nada realmente nos pertenece.

La última noche deambulé largamente hasta que se dieron las once. Era una noche fresca del mes de Julio, había llovido mucho por la tarde.

Por lo general siempre iba a entrevistar a Rubén en solitario, solamente en una ocasión mi amigo Jorge Valadez y su esposa me acompañaron con Rubén desde Guadalajara, participando por cierto en un temazcal. Pero esa noche en especial me encontraba solo.

Ya era tarde, se acercaba mi hora de dormir y regresar al hotel colonial en que suelo hospedarme, sin embargo tenía hambre. Me acerqué a un restaurante de cierto lujo que no rayaba en lo ostentoso, pedí una ensalada y un trozo de pollo. Extraje de mi morral mi Ipod para escuchar a Led Zeppelin, a Sonic Youth y a Pearl Jam en lo que el camarero me traía mi comida.

Y entonces tuve la sensación de verla de reojo. Ahí estaba ella. Me atrajo primero que nada su cabello rojizo. Luego su silueta fina y el arco de su cuello inclinado sobre su libro. Como una estatua niquelada. También se encontraba sola.

Recordé al instante un sueño que tuve dos noches antes, el primer día que llegué a Uruapan, donde una voz desconocida me susurraba a mi oído, semi-lúcido, una palabra en inglés neoyorquino: "Blonde Red Head": "Pelirroja". Mi corazón palpitó casi hasta el punto en que ella debió escucharlo como una batucada que salía de mi pecho y de mi cabeza, cerca de reventar. Las manos se me helaron. Volteó hacia mi mesa y me sorprendió observándola.

La miré embobado durante horas beber una taza tras otra de café y acomodar su cabello rojizo mientras seguía concentrada en su libro. No parecía incomodarle que la observara.

Apenas pude engullir mi comida. No sabía qué hacer, no era bueno para acercarme a las desconocidas, sobre todo si me resultaban tan enigmáticas y atractivas. Para el final de mi cena pagué tembloroso la cuenta y me dirigí hacia la puerta del comercio, cerca de donde estaba ella. Pase por un lado de su espalda, creí que nada ocurriría, repentinamente nuestros ojos se encontraron. Los suyos verdosos y seguros, los míos, cafés y evasivos. Me sonrió.

No la volví a ver en mucho tiempo, pero conservaría su imagen en mi mente.

Pasaron casi ocho meses en que tuve que regresar a mi centro de trabajo en la ciudad de Colotlán. Llegó el invierno. Continué trabajando como poseso con la redacción de éste libro. Salió publicado por fin otro que había mandado a Argentina tiempo atrás: Tristísima, una novela sobre la adolescencia y la pubertad (Deauno.com, 2008). Estaba contento y tranquilo, Michoacán era momentáneamente un recuerdo, ella también...

Entonces la volví a ver pero ahora en mi ciudad natal, en Guadalajara.

Fui invitado a cenar a un restaurante de estilo árabe ubicado en el centro de la ciudad. Comí deliciosas kipas, yogurt, helado con trozos de gelatina, ensalada con queso de cabra y un suculento vino español. No tardaron en aparecer un grupo de bailarinas con sus rostros ocultos bajo el sensual velo y comenzaron a interpretarnos la Danza del Vientre.

Entre ellas destacaba una chica de redondas y bellas caderas, con un tatuaje muy sexi en su móvil y diestro vientre: un alacrán, al igual que el Guardián de Colotlán. El cabello, por demás también era rojo y lacio: Blonde Red Head, again... Me dije a mí mismo. La música y sus movimientos me atraparon, ése cuerpo me resultaba de un modo o de otro familiar. Su cadera realizaba movimientos circulares que me hipnotizaban y embebían mis ojos.

En un momento dado, el velo se le cayó descubriendo su rostro. Era ella de nuevo, lo supe al instante. Corrí a recogerlo, como el personaje de un cuento de hadas, de las Mil y Una Noches, y se lo entregué, presa de un trance inexplicable. También me reconoció.

Hombres de a pie veía su final, estaba a una cuantas frases de terminarlo. Nuevos proyectos me esperaban, pero algo proveniente de Uruapan, parecía perseguirme y buscar encontrarse conmigo, así lo sentía.

Al terminar la música las bailarinas desaparecieron hacia el camerino y ella tras del grupo. Me apuré a escribir sobre una servilleta un pensamiento de Alejandro Jodorowsky, de sus Evangelios para Sanar, que había memorizado años atrás y me encantaba:

"Cuando comenzaste estabas lejos, a millones y millones de kilómetros, en la oscuridad, la muerte y la angustia. Has sido capaz de vencer a la muerte, a la angustia, a las fronteras del tiempo y el espacio. Ese amor era tan poderoso que se ha transformado en un aroma; tu perfume ha invadido de tal manera el universo entero, que lo no manifiesto se ha identificado con una rosa: es la forma que, por tus actos, lo invisible ha elegido para manifestarse. Tú eres la rosa. Tú eres la paz. Has aportado la calma a todo el universo porque éste jamás podrá deshacerse de tu perfume, que es persistente y eterno. Has dejado tu huella. Por tu amor, eres ya el corazón del universo y tu amor es el universo mismo."

Lo entregué nervioso al mesero, en un automatismo, prácticamente sin pensarlo. Pedí que se lo dieran a la chica que había tirado el velo, la de cabellos cafés rojizos por supuesto. Luego me estremecí de temor al pensar cuál sería su reacción.

Pasaron cerca de cuarenta y cinco minutos. Creí que no habría respuesta. Me dediqué a beber y a conversar de trivialidades con los amigos que me acompañaban, sin que ellos se percataran apenas de lo que había hecho yo. Me sentía fuera de todo lugar, el tiempo se había alterado, algo rarísimo ocurría.

Casi a la hora, de la penumbra del camerino y del fondo del silencio del restaurante, apareció ella. La vi venir, lentamente hacia mí, con su cabello café rojiso suelto. Blonde Red Head acudía a mi llamado. O tal vez realmente era yo quien estaba respondiendo, luego de siglos y a través de kilómetros y kilómetros de emitir su mensaje y mandármelo.

Por momentos sentí el impulso de salir corriendo, o retractarme de lo que había hecho. Pasaron dos segundos, ya era demasiado tarde...

CPSIA information can be obtained
at www.ICGtesting.com
Printed in the USA
BVHW081021050222
628043BV00003B/164